既生欢喜

羽子令　著

天津出版传媒集团

百花文艺出版社

图书在版编目（CIP）数据

既生欢喜 / 羽子令著． -- 天津：百花文艺出版社，
2024.3
ISBN 978-7-5306-8717-8

Ⅰ．①既… Ⅱ．①羽… Ⅲ．①长篇小说－中国－当代
Ⅳ．① I247.5

中国国家版本馆 CIP 数据核字（2024）第 009804 号

既生欢喜
JI SHENG HUANXI

羽子令 著

出 版 人:薛印胜
责任编辑:张　雪
装帧设计:吴梦涵
出版发行:百花文艺出版社
地址:天津市和平区西康路 35 号　　邮编:300051
电话传真:+86-22-23332651（发行部）
　　　　　　+86-22-23332656（总编室）
　　　　　　+86-22-23332478（邮购部）
网址:http://www.baihuawenyi.com
印刷:三河市华东印刷有限公司
开本:880 毫米×1230 毫米　1/32
字数:180 千字
印张:8.125
版次:2024 年 3 月第 1 版
印次:2024 年 3 月第 1 次印刷
定价:58.00 元

一

王小萌从北京西站出站口走出来，太阳还在车站大楼的后面。

"老妈也真是的，心里惦记一堆人，唯独没有她女儿。"王小萌嘟囔着，想走快点，无奈行李绊住了双脚。母亲给米娅做的腌菜、炒肉酱分别放在几个玻璃瓶里，和几袋狗粮一起由塑料袋装着。刚才为了方便下车，王小萌将塑料袋提手在手腕上缠了几圈，塑料袋是可降解材质，装这些物品之前，大概已经用过几次，提手的连接处颜色有些发白。她还有一个24寸的行李箱，上面放着纸袋，里面是用保鲜袋装着的几十个手工馒头。

王小萌自言自语着，声音不大，可还是引起过往行人的注意。起初，她并不觉得有什么不妥，回头率高了，脸颊竟然发烫了，一时搞不清楚是自言自语引发了关注，还是妆花了。

王小萌在路边的玻璃广告牌处停下，用五指梳理长发，扯了扯麻质小西装，想让褶皱平整些。她将摘下的口罩从里往外折叠了几下，丢进旁边的垃圾桶。玻璃橱窗里的她，看起来二十几岁的样子，只是眼睛有些浮肿。

这时，阳光才从楼缝里冒出头来，晒着她的后背，她感到有些热。

王小萌和赵红雷同居的地方在奥森公园附近，来不及回住处放行李……不禁又开始对母亲江彩霞表示不满。

母亲总以"时间管理大师"自居，高效地利用时间是她的一贯追求。对于女儿回京的车次，她必须给出意见："为什么头天晚上回去，买第二天一早的高铁票回京不好吗？既能在家多陪我一个晚上，又不影响上班，一举两得。"

王小萌想着，轻轻叹了一口气，打开手机里的叫车软件，输入目的地。

回家的这几天，王小萌没少看手机。刷完各种社交软件，刚把锁上屏的手机放到桌上，又担心错过某些信息，拿到手里解屏，从头查阅微信朋友圈和 QQ 空间里的状态，甚至微博、某短视频网站，都要点开看一圈。

这么做的原因只有一个，王小萌在寻找失联的未婚夫赵红雷。

半个月前，王小萌和赵红雷商量后决定一起休年假——先回老家探亲，再回京拍摄婚纱照，领结婚证，等上班的时候向全公司的同事宣布婚讯。

王小萌脸上洋溢着从未见过的激动，她从书桌前起身，连脚步也轻快起来。赵红雷则举着手机斜躺在三人沙发上，另一只手抓挠着幸福的脖子。幸福是他们二人喂养的拉布拉多犬，它黑色的毛泛着光亮，双耳后贴，微眯着眼睛，正享受地趴在赵红雷的膝盖上。

王小萌从网上找了几组婚纱摄影图片，蹲在地上，把手机递到赵红雷面前，问他喜欢哪种风格。赵红雷瞟了一眼，眉头轻皱，看着自己的手机，是某网友发的有关"如何与女性保持亲密关系"的帖子。他说，在哪里拍，拍什么风格，都听王小萌的。

有了赵红雷的话，王小萌像是领了圣旨，立刻给闺密米娅打去电话，让她陪着考察婚纱摄影店和个人摄影工作室。

几天过去，王小萌筛选出三位风格迥异的摄影师，她拿不定主意究竟哪位更适合，于是让赵红雷做决定。赵红雷简单翻了翻，也没说谁拍得好，只是说："怎么都是两个人的照片？难道就没有和家人一起拍照的吗？咱们一家人怎么也要出出镜才行嘛！"最后，他嘱咐王小萌在整理行李箱时将两个人的衣物分开放。王小萌不解。

赵红雷反问她："上海总部要举办季度峰会你不知道吗？"

"你可以不去，我作为公司的中层，不去怎么能行？"

王小萌蒙了，去上海参加峰会，年休假怎么办？探亲怎么办？婚纱照还拍不拍？好，这些都不重要，那国庆节举办婚礼的事就不和同事们公布了吗？

赵红雷只是说："着什么急，我又跑不了，等峰会结束后再定也不迟。"

王小萌想来想去，还是觉得不开心。她表明立场，不同意赵红雷去上海，甚至以"你去了咱们就分手"这样的话相威胁。然而，不知道是赵红雷摸透了她的脾气，知道她不是认真的，还是他一心就是为了工作。总之，他没有给出王小萌更令人信服的理由，只是铁了心要去上海。

晚上九点一过，幸福早早来到玄关，叼起王小萌的运动鞋，喉咙里发出"呜呜"的声音。王小萌回来后，进了卧室就不再出来。赵红雷有些心虚，四处寻找牵引绳，带着幸福下楼遛弯。

第二天一早，二人分头去公司上班，到了下午，王小萌收到赵红雷发来的信息，说是去公司厕所"约会"。在确定没有第三个人在场的情况下，赵红雷像鸡啄米一样快速地亲着王小萌的额头，用极小的声音说，他热爱这份工作，想留在北京，不想在三十五岁时离开公司，被迫分流换工作。参加峰会是他最后一次升迁的机会，他一定要抓住，掌控自己的命运。说完，他头也不回地走了。

王小萌有种不祥的预感，她感觉自己的心像被一把钝刀割开一样，滴落的血让她不知道用什么东西去擦。要知道，为了这次休假，她除了考察婚纱摄影，还精挑细选了一堆礼物——给未来婆婆的，给未来大姑姐一家人的。她怎么都想不到，准新郎会在最后时刻抛弃她，选择工作。

她这个"新娘"还有必要回家吗？王小萌想了两天，想不出取消休假的理由，更做不出违反约定不回老家、不见母亲和准婆婆的事来。她强忍着落寞和忧伤，开启一个人的假期。

没有赵红雷的日子，每一天过得都很慢，原本在她看来一直高速运转的太阳也像是放慢了脚步，由慢跑变成了散步。她惦念着赵红雷，渴望早日结束休假回到北京，于是每天给赵红雷发微信：她在老家和谁见了面，吃了什么东西，天气怎么样，没有他在身边太无聊了，等等。除了睡觉，她的眼睛都不敢离开手机。然而，除了第一天赵红雷在浦东机场给她发的"我到了"三个字之外，再也没有任何讯息发来。

赵红雷就这样失联了。

公司同事倒也有同去上海的，无奈王小萌磨不开面子去询问。

他们谈了三年地下恋爱，早已经成为"老夫老妻"，由于在公司没有互动，给同事们造成他们二人关系不熟的假象，既然不熟，怎么好意思突然去打听呢？

思考再三，王小萌决定耐心地等赵红雷回京。

他早晚都会回来的！想到这里，王小萌把手包的拉链带子紧紧缠在左手食指上。

网约车司机是一位看起来有二百多斤的大哥，天气还不到特别热的时候，他的白色 T 恤已被汗水浸湿，车厢内凉风阵阵，王小萌感觉手包的金属拉链凉凉的。

"到了您哪，三十五，怎么支付？"司机将汽车在路边停好，望着后视镜。

王小萌举了举手机，对准椅背上的二维码，扫码，输入付款密码，提着大包小包下了车。司机则从后备厢替她拎出了行李箱。

盛世文化传播有限公司在这栋写字楼的十八楼。距离上班还有一个小时的时间，电梯里没有人。王小萌松了一口气，摁了上行键。在门关上的刹那，只听一名男子的声音传来："等一下！"

半闭的电梯门重新打开，王小萌看到一张熟悉的脸，是公司人力资源部的沈东龙。她不禁暗喜，据她所知，沈东龙也去了上海。

"沈组长，会议结束了？"王小萌笑着打招呼。

"萌姐，早啊！怎么？你也出门了？"

"刚休完年休假。"

"可真幸福。"沈东龙竖起大拇指，"要知道，我也想休啊，跟领导提了两次，都被'事情太多，等忙过这段时间再说'打发了。"沈东龙最后一句话，模仿着领导的样子，打着官腔，竟惟妙惟肖。

在王小萌看来，沈东龙说的都不是重点，她不想知道他的情况，他能休假或者不能休假都和她无关，她只想知道赵红雷的消息。

"你不是去上海了吗？怎么这么快就回来了？"她直奔主题。

"唉，说来好沮丧，本来我还能在上海多留两天，哪儿想到我们部长让我先回来了。"

"会开得很成功吧？"

"还真让你说对了，这次总部安排的会议议程特好。说是开会，就和开派对一样，特放松，可比在公司累成狗强太多了，这好日子，谁想回来啊。"

"听你的话，别的人也不想回来呗？"王小萌说完，笑了起来。她的笑有些尴尬和夸张，因为心里有一种隐隐的不安，她也不清楚不安的源头在哪里，只是思考着怎么把话题往赵红雷身上引。

"你还真说对了，还真有和我一样想法的。不过，他和我不同，我纯粹是为了吃喝玩乐，他嘛……"沈东龙停顿了一下，"对了，他也回来了，中午的飞机。"

王小萌心里咯噔一下，逐渐升高的电梯让她头重脚轻，声音跟着飘了起来："谁啊？你说谁？"

沈东龙没有接王小萌的话茬儿，沉浸在自己编织的世界里，无色树脂眼镜背后的眼睛原本就不大，现在彻底成了一条线，"有件新鲜事，你想不想听？"

"新鲜事？"

"Leo 订婚了。"

二

"什么？"

沈东龙口中的名字变成了一枚炸弹，在王小萌面前引爆，她浑身僵硬，死死抓着拉杆箱不放。"咚"的一声，一路拎着的塑料袋断开了，咸菜瓶子、肉酱瓶子"咕噜咕噜"滚落在地。还好电梯里有地毯，玻璃瓶子只是在上面滚了几下，并没有碎。

电梯的提示音刚好提示十八楼到了。沈东龙眼疾手快挡住电梯门，弯腰捡瓶子，他边捡边说："萌姐，你这是带了多少东西？你家那位果真是亲妈无疑。"

王小萌靠边站着，像是失了魂魄。

Leo 是赵红雷的的英文名。

在这个公司上班的人，每个人除了大名，都会取一个花名（不过也有例外，比如王小萌就没有）。花名有微信昵称，也有中文小名，又或者英文名字。

赵红雷一直觉得自己的名字太土气，很乡下。他说，总有新客户对他说，单看名字会想起演员孙红雷，想起他演的《征服》里的刘华强。也有的人会说，会想起《像雾像雨又像风》里的阿来。不管刘华强也好，阿来也罢，在赵红雷心中，他们都是命运不济的小混混。赵红雷非常不喜欢别人称呼他的大名，这份不喜欢在公司里传开后，一般职员会称他赵主管或赵部长，自认为亲近一点的会叫雷哥。而他自己，则更喜欢用自取的英文名"Leo"来自勉，取自莱昂那多·迪卡普里奥，名字能让人变得洋气。

王小萌从认识他那天起，知道他叫赵红雷后，就告诉他，她最喜欢的一部国产剧就是《潜伏》，孙红雷饰演的余则成太帅了，没有之一。

沈东龙低着头捡瓶子，没有发现王小萌的异常，仍在自顾自继续他的爆料说："很惊讶吧？就知道你听了我这消息，一准儿会惊掉下巴，说不出话来，他们是在昨晚的宴会上突然宣布的。当时不仅仅是我，在场认识或者不认识雷哥的人，全都惊讶到说不出话来。"

"东龙，你刚才说，他，哦，赵主管和……和谁？"王小萌脸色苍白，像被施了魔法一样，挪不动脚步。

沈东龙捡起最后一个瓶子，是一罐黑牛肝菌肉酱，他想递给王小萌，发现她没有伸手的意思，于是站起身，把罐子抱在怀里，示意王小萌先走出电梯。

"林永泽林总的女儿林豆豆，刚从英国回来不久，这次季度峰会，可以说是她的首次亮相。我看，可真是一箭双雕，既是闪亮登场，又是闪电订婚，简称'闪登'和'闪订'。"沈东龙说到这里，被自己创造的词汇"闪登"和"闪订"逗笑了。笑完，又接着说，"昨晚林豆豆说，她对雷哥一见钟情，雷哥也满目含情望着她。这俩人，可真让人意外，哪儿像是刚认识七天的小情侣？倒像是两名演技高超的演员在飙戏。"

沈东龙走在前面，嘴巴不闲着，王小萌则像是一具没有灵魂的僵尸，微微张着嘴，连走路的动作也变得僵硬。

"你俩这是聊什么八卦呢？"和王小萌一个部门的韩维维，突然从桌子后面站起身来，只见她眼圈发黑，头发蓬乱，伸直双臂打着哈欠。

沈东龙停下脚步，本能地一怔，说："吓我一跳，你是没有回家还是来得比我们都早？"

"我有病啊，来这么早？还不是昨天的活儿没干完，加班呗。累死我了。哎，小萌姐，你可回来了，再不回来，我可真不想活了。"韩维维说话鼻音很重，还掺杂着一股说不出来的油腻，不知道男人听了什么感觉，反正王小萌听她说话都会头皮发麻浑身打战。

"哎，维维，告诉你一个特大新闻！"

"特大新闻？我最喜欢听新闻，快讲讲。"韩维维眼睛一亮，困意像是瞬间离她而去。

"是Leo，他在上海闪电订婚！"

"天啊？你说谁？Leo？"

"没错！你知道他的未婚妻是谁吗？"

"赶紧说，别卖关子。"

"林总刚回国的女儿，林豆豆。"沈东龙向前走出一步，像是竹筒倒豆子，把刚才在电梯里对王小萌说的话，又向韩维维从头到尾说了一遍。

此时沈东龙的声音，对于王小萌来说，像是隔了一层毛玻璃，闷闷的，传不过来。她并没有怪沈东龙八卦，她很清楚，没有人不喜欢八卦。仿佛只有说说别人的生活，才能让自己的日子过得有点咸淡味儿。

"你说什么？有没有搞错？确实有听说林总的女儿要来咱们公司。想不到嘿，人还没到，这夫婿也一起选好了？"韩维维彻底不困了，她歪头看着站在后面的王小萌，有些诧异，"小萌姐，你愣着干吗？不去放行李吗？"

王小萌四散的魂儿这才回到身上，精神涣散地看向韩维维。还好，进大楼前重新戴了口罩，刘海儿有些长，遮住了眼睛。要不然，她脸上的慌乱将一览无余。推着行李箱来到茶水间，在靠边的位置放好行李箱，王小萌接过沈东龙递过来的瓶瓶罐罐，从橱柜里找出一个印有公司徽标的袋子装好。

沈东龙实在太兴奋了，只想分享他的所见所闻，而王小萌是一个和八卦不沾边的人，刚才他说了一路，她一点反应都没有。沈东龙觉得有些扫兴，转头去找韩维维聊。

沈韩二人同期入职，一个未娶一个未嫁，说彼此有意，好像还缺把火；说是普通同事，有时候总会开一些暧昧的玩笑。

王小萌来到茶水间窗前，大脑像是被橡皮擦过一样一片空白，她没有精力去关注沈东龙和韩维维。赵红雷可是她的未婚夫，未婚夫和别的女人订婚了，那她这个未婚妻算是怎么回事？她又算是谁的未婚妻？

一定不是真的，她希望这只是一个玩笑。

王小萌拿出手机继续拨打赵红雷的手机，一个熟悉的女声传来："您拨打的电话暂时无法接通，请稍后再拨。"

她摁下挂断键。这时，视频电话响起，是米娅。

米娅是王小萌的高中同学兼闺密，二人一起考到北京上大学，读研究生。一年前，米娅奉女成婚，婚后辞职当了全职太太。

"小萌，回京了吗？"手机里的米娅用黄色的发带箍住刘海儿，露出宽大的额头，皮肤白皙细腻，正往脸上拍爽肤水。

"刚到公司。幸福在你那里还行吗？没有惹乱子吧。"王小萌盯着窗台上那盆多肉艳日辉，它已经长成了老桩，叶片像莲花一样叠在一起，边缘是淡淡的粉红色。之前它只是一朵，后来长成了一盆，前几天赵红雷刚给它换了土，用一个较大的花盆栽种。王小萌觉得在家里放着，也没有时间欣赏，于是就把它搬到了公司。

"幸福可听话了，它还会陪米花儿玩呢。小萌，听你的声音有气无力的，你妈是不是嫌他没有陪你一起回家？这有什么，因为工作暂时回不去情有可原，反正你已经是赵红雷的人了，不差这几天。"

尽管在接通视频时，王小萌从包里找出蓝牙耳机塞进耳朵，但是听到米娅说赵红雷的名字，她依旧本能地转过身看茶水间的入口，只见不远处的沈东龙和韩维维凑在一起，不知说了什么正笑得手舞足蹈。

米娅是一个活泼开朗的女人，语速快，嗓门儿还大，她从来不去想，王小萌和赵红雷的关系对于王小萌来说是隐私，尤其在公司这种地方。

虽然确定没有人能听到米娅的声音，王小萌还是拉开通往茶水间阳台的门，出去后再小心关好，来到遮阳伞下坐下。米娅是她的情感参谋，她一定有办法。

"赵红雷订婚了。"

"你们不是已经订婚了吗？"

"赵红雷和别的女人订婚了。"王小萌解释道。

"什么？小萌，你说什么？我没听太明白。"米娅的手指在脸上停止转圈，瞪大眼睛盯着屏幕里的王小萌，"订婚？赵红雷和别的女人订婚？她是谁？这是怎么一回事？他不是去总公司开会了吗？"

米娅一连串的疑问让王小萌心烦。"这几天我一直联系不上他,刚刚有同事从上海坐早班飞机回来,亲口和我说的。"王小萌说。

"不会是逗你的吧?"

"怎么会?他从不和我开玩笑。"

"赵红雷什么时候回来?"

"听说是中午的飞机……"

"你等着我,我现在就去接你,咱们去机场迎接他。如果是真的,那可真是岂有此理,这是什么事儿?竟然和别的女人偷偷订婚,把你踢了!有么欺负人的吗?"米娅把涂了一半的护肤品甩到桌上,拿起手机走向衣帽间。

"今天周一,米花儿不是有游泳课吗……"

"让红姨带她去,你不用担心。唉,小萌,说你什么好,老公被别的女人拐跑了,你还在想着别人?"

"也不是,我觉得红雷这样做,一定是有原因的。等他回来,我再好好问问他……"王小萌像是被抽空了所有的力气,声音软绵绵的,像只蚊子在哼哼。

"要真是传言中的那样,你问他有什么用?黄花菜都凉了。"米娅毫不顾及王小萌的感受,"竟然悄无声息地抛弃了同居的女友,还没有一句解释?胆子可真够大的!渣男!不对,渣中之王。可气死我了,小萌,这口气我帮你出定了。先挂了,五十分钟后你下楼,肯德基门前等我。"

不等王小萌回应,米娅挂断了电话。

两个小时后,首都机场。

米娅和王小萌一前一后站在闸机口外,从上海虹桥机场飞来的乘客已经陆续出来,暂时还没有看到赵红雷的身影。

王小萌向后退了几步，心里像是击鼓一般不能安宁。她没有恋爱经验，严格意义上来讲，赵红雷算是她的初恋，在一起的三年，两个人的事情大都由赵红雷说了算。有时候一些事，王小萌也会觉得赵红雷处理得不是那么合她心意，但在她心里，她早已认定了这个人，从没有想过有一天会离开他，又或者说，也没有想过有一天他会离开她。

王小萌沉浸在回忆之中，恍惚之间，她感觉站在前面的米娅不见了，抬起头时看到一个画面，米娅用戴着百达翡丽名表的手抽赵红雷的脸，她的手原本就不大，那圆筒形，钢青色锻面表带的手表却先"落了地"，落地前击在赵红雷右腮帮子上。

赵红雷瞪大眼睛蒙了，捂着脸说不出一个字。倒是身旁挽着他胳膊，皮肤黝黑，个子不高的年轻女人用英文高声叫着："What are you doing？ Who are you？"

"赵红雷，你个人渣！渣男！"米娅低头看了一眼手表，确认没有问题后，才扶了扶墨镜，转而瞪着赵红雷。

三

赵红雷捂住腮帮子，口罩有点歪，他看到米娅身后的王小萌，接着把视线转移到米娅脸上，努力挤出微笑，眼睛却圆睁着，不解地问道："嫂子，你这是干吗？"

自从米娅嫁给毕国凯后，赵红雷对米娅的称呼由"小娅"变成了"嫂子"。

"干吗？你自己心里不清楚吗？"

"哎，你谁啊，听不懂英文吗？"林豆豆不再讲英语，而是改成中文，尖声叫道。

"哟，啧啧，这是哪儿来的野鸡？"林豆豆上下打量着米娅。

"Leo，这是哪里来的女人，怎么这么没素质！"

赵红雷急忙拉住林豆豆的胳膊，说："Lonny，乖，先到2号出口外面等我，一会儿和你解释。"

林豆豆倒也听话，语速慢下来，说："要快一点。Leo，我爹地妈咪在家等我们一起吃午饭呢。"

赵红雷努了努嘴回应林豆豆，转身用眼睛的余光看王小萌，接着又对米娅笑着，指了指人少的地方。

周围的人，有的拉着行李驻足观看，有的举高手机好像在拍摄，纷纷给他们三人让出了一条路。

林豆豆从包里取出墨镜，踩着一双高防水台的湖蓝色翻毛皮鞋，向2号出口走去。

赵红雷来到一个角落，确定看不到林豆豆后，才摘掉口罩盯着王小萌，说："小萌，你这是干吗？本来计划今天到了公司和你解释。没想到你会在机场让我难堪，够狠的啊！"

"你……我……"王小萌满脸通红，一时组织不起来语言应对，结巴起来，右手食指下意识地放进嘴里撕咬。

"哎，你怎么又开始咬指甲了，说你多少次了，这习惯什么时候能改？"赵红雷说着王小萌的妈妈江彩霞经常会说的话，语气里满是责备。

听到提醒，王小萌才知道自己又在咬手指，立刻将双手垂在身边，像一个做错事的孩子。

"赵红雷，你什么意思啊？你昨天和我家小萌谈婚论嫁，今天就和那狐狸精纠缠在一起。还高调'闪订'，够洋气的啊。这么做，欺人太甚了吧？"

"嫂子，这……其实是我和小萌之间的事，就不劳您费心了。"

"我费心？我和小萌什么关系？她的事就是我的事，我不管谁管？"

赵红雷有些憋气，要不是毕国凯，他根本不会对米娅如此低三下四。忍了再忍，他像挤牙膏似的挤出笑容，眼睛却盯着王小萌说："对，您该管，我们的事就得让嫂子管。就算今天小萌不和您说，我本来也要先向您汇报。"

王小萌领会到赵红雷眼神的含义，轻轻碰了碰米娅的肩膀，说："小娅，让我和他单独说几句。"

"不行，我要旁听。"米娅铁了心要参与。她这么做也不无道理。当初王小萌和赵红雷确立关系时，米娅对赵红雷的印象还是不错的：外貌酷似靳东，实际上言谈举止更像郑恺，很会说话，让人心里暖暖的。米娅向王小萌表示，这个男人值得依赖。如今，要不是亲眼所见，发现了赵红雷的另一面，她一定还会站在赵红雷这边。米娅曾劝王小萌认真考虑并处理二人的关系，没想到王小萌像是被赵红雷灌了迷魂汤一样，根本听不进米娅的话。

作为一个局外人，米娅既不想让最要好的朋友受到伤害，然而又叫不醒装睡的人，没办法，只能时时关注他俩的动态，尽着闺密的本分。

现如今，王小萌终于半睁开双眼，充分理解米娅之前劝她的一片苦心。然而，她没有对付赵红雷的经验，只希望米娅能给她力量。

"难道你就不想给我一个解释吗？"王小萌的声音怯怯的。

"你知道，我是爱你的。"

"爱我？爱我又怎么会一声不吭和别的女人订婚？"

"小萌，我是有苦衷的。"

"啧啧，把马上要公布婚讯的女友一脚踹开，和别的女人订婚，竟然说是有苦衷。人家拿刀子威胁你了吗？"米娅挖苦道。

王小萌感觉一股尴尬的气息在三个人之间弥漫开来，她被男人甩，并不是什么光彩的事。想得到米娅帮助不假，然而，她还是有自尊心的，不就是因为米娅太幸福，才让她有了对婚姻的渴望吗？

选在近日和赵红雷拍婚纱照，也是她死缠烂打之下，赵红雷才答应的。同样出于自尊心，这一点她并没有告诉米娅。

王小萌也不知道从什么时间开始，突然产生了"不希望赤裸裸展现在米娅面前"的想法。她想穿件衣服，哪怕是件内衣，只要能遮住最隐私的地方就可以。想到这里，她把米娅拉到一边，肯求她暂时回避。她向米娅保证，她会和赵红雷好好谈，除了把愤怒的立场表达出来，还要争取对二人的共同财产——那幢房子的产权。

米娅对王小萌再三嘱咐，这才走向赵红雷，她无意识地又抬起戴着百达翡丽的手腕，赵红雷本能地向后躲，说："嫂子，小心你那块手表，要是真坏了，我可赔不起。"

米娅没有接话茬儿，狠狠地说："赵红雷，我把话撂这儿，你滚可以，净身出户，知道吗？"

王小萌推走了米娅，和赵红雷又往远处走了几步，说："我不想听你的解释了，因为我知道你离开我的原因。"

"小萌……"

"或许你这只本应该高飞的大鹏，不应该待在我这个小窝里，我不能束缚你。我选择放手。"

"小萌！"赵红雷脸上闪过一丝笑意，瞬间又变回凝重，"谢谢你，你是这世界上最好的女人。"

"别听米娅那么说，我这个人不是那种贪心的人。我们交往了三年，平时生活都是各付各的，只有房子和幸福是我们共同拥有的。"

"你不用说我心里也有谱。家里的饭菜，还有我的衣物，都是你在费心打理，我对这个家付出得太少。"

"你不是还有母亲需要照顾吗？我理解。"王小萌看了赵红雷一眼，只见他低下了头，眼神开始黯淡下来。看到心爱的男人难过，王小萌的内心不免一紧，接着说，"你既然找了林总的女儿，以后住处肯定不会发愁，我只有一个要求：房子和幸福归我。不过，你也知道，我手头没有那么多的积蓄，你付的那部分首付，给我时间，我会慢慢还你的。"

"不不，小萌，是我对不起你，这房子归你，我付的首付不要了，以后每月的贷款我还会帮你还。这就算我给你的补偿吧。不过，我有一个小小的请求，幸福能不能跟我？"

"补偿？你还想要幸福？"王小萌悲从中来，她刚想说，"我三年的青春，是这些钱可以补偿过来的吗？还有，幸福从一个月养到快两岁，你喂过它几次？遛过它几次？"

不等王小萌质问，赵红雷的手机响了，他转过身接通电话，用一种极其温柔的声音说："乖，我马上就到，一分钟，再等我一分钟，亲亲。"

这样的话，赵红雷也曾对王小萌说过。恍惚之间，二人曾经的甜蜜仿佛发生在昨天，又像是很遥远的过去，过去与现在重叠在一起，形成一个长长的回音。王小萌闭上双眼，眼泪不自觉地从眼角涌出。

赵红雷边看手机边转身，他说："小萌，先就这样，Lonny在外面等着急了。幸福的事以后再说，我的衣物……回头你整理一下，我抽时间回去取，咱们电话联系。对了，我还有最后一个请求，希望你一定答应。"

"什么请求？"王小萌擦去眼泪。

"就是，我不希望豆豆知道我和你的事情。你要知道，我是爱你的，以前爱，现在也没有变。我之所以这么做，是因为明天她会以副总的身份在咱们公司上任。有了她，我应该很快就会进到高管队伍，这样我就能在公司永远待下去了。小萌，你是一个好女人，温良谦卑的传统女人，谁娶到你，那是几辈子修来的功德，只可惜我没有这个福气。"

"呵呵。"

"豆豆在国外待的时间比在国内久，早早离开家庭，有点任性，处理事情的方法也不一样。我怕她知道我们的关系，会认为我在欺骗她，这样对你更不好，毕竟我们在一个公司。当然，最重要的是，今后你还要找你的另一半。我告诉她我养了一条黑色拉布拉多犬，她说她也喜欢狗狗，一定能和幸福成为朋友的。哦，对了，还有房子的事，就按我刚才说的那样，不改了。"赵红雷的话从开始的急切，变得语重心长，之后又变回急切。

不远处的米娅，时刻关注二人的状态，她发现赵红雷接完一个电话后变得不对头，于是转身向二人走去，她听到了最后几句话。

"房子和幸福的事情怎么定的？"米娅问道。

"嫂子，这事您也应该知道，房子我不要了，归小萌处理，想住呢，今后我还会帮她还月供；假如不想住，卖了也可以，我也不会要一分钱，卖多少都是小萌的。我尊重小萌的选择，无论她怎么做，我都不干涉。"

"那房产证上的更名什么时候去办？现在不是写的你们两个人的名字吗？"米娅一针见血。

赵红雷怔了一下，说："小萌约时间，我配合更名。"接着，他撇了撇嘴，一脸苦相，用手机示意出口方向。

米娅知道他在求饶，王小萌转过身，向相反的方向走去。

"好，一言为定，这个监督员我可当定了。"

赵红雷又向米娅作了个揖，快步跑向出口。

四

"渣男，大渣男！"米娅向着赵红雷走去的方向"呸"了一声。

"米娅，他说他想要养幸福。"

"他想要幸福？平时不是你在养吗？对了，你不在的这几天，幸福可真乖呢，连米花儿都学会叫它名字了，'幸福，幸福'地叫，幸福一听，立马跑到她身边看着她。关于幸福的抚养权，由你自己做决定吧。"

"当初是我俩一起将幸福带回家的，确实我照顾幸福的时间更多一些，我舍不得幸福。"

"舍不得就不给！这还不简单！"米娅打开车门。

坐在后座上的幸福听见叫它的名字，不停地摇着尾巴，看到王小萌上了车，张开前腿扑了过去，伸出舌头要舔她的脸。

"幸福，乖，我给你带了好吃的，一会儿回家就吃，现在安静！"

"小萌，要记住，啥时候都不能委屈自己，人活着不就得活出自我吗？走，我带你去吃美食，释放下。咱去那家拉丁美洲文化旅行餐厅，据说味道很地道。"

"我没胃口，只想回家。"王小萌系好安全带，把幸福揽在怀里。幸福的皮毛乌黑发亮，热气从它张着的嘴巴里飘出来。

王小萌说完这句话，又后悔了。这个时刻，她最不想回的应该就是那个家，那曾经是她和赵红雷、幸福的家。不用说，房子里一定还是他们前些天离开时的样子，门厅里的拖鞋，卫生间的牙刷，阳台上晾晒的没得来及收走的衣裤、袜子，还有幸福的小狗窝……想到这里，眼泪不争气地重新溢满王小萌的眼眶，她低下头搂着幸福，刘海儿垂下来，眼泪滴到自己的腿上。

窗外，一架飞机刚好从上方飞过，轰隆隆的声音听起来耳熟，王小萌想起来，地铁驶过站台的声音也是这样的。

她和赵红雷相识于三年半前的一个深夜。

那天下午，王小萌正参加现在所在公司的面试，因为是跳槽，人力资源部门的负责人很满意她之前的就业经历，笑着对她说，问题不大，回家等电话准备上班。

晚上，米娅约王小萌看电影，炸鸡就可乐，一边吃一边看。电影还没演完，毕国凯打来电话，米娅离开了。王小萌一个人看完电影逛商场，原本喜悦的心情夹杂着一种说不出来的孤独和落寞。她在美甲店做了美甲，在游戏区看别人玩游戏，最后才来到位于商场地下的地铁站。身旁不时有人快步跑过去，依旧没有影响她的步伐节奏。乘坐扶梯看到地铁为时已晚，车厢的门刚刚关上。只听后面传来一个声音："对不起，让一让！"王小萌上半身倾倒在扶手上，她踩着的扶梯那一级刚好到了地面。

身后是一位二十多岁的男生，叹着气，说："就差一分钟！"

王小萌绕过他，去乘向上的扶梯回地面，没想到，那男生从后面追上她，指着脚上的鞋子说："太巧了，一模一样呢"。王小萌这才低头看，原来他们穿了同款鞋，还是一样的白色。

她抬头仔细打量眼前的男生，眼睛小而细长，穿一件卡其色修身风衣，头发微卷，嘴角漾起的笑意有种嘲弄的意味。

同款鞋子成了他们聊天的切入点，他们边走边聊，没想到年龄相当，连兴趣爱好和生活习惯也有重合，更加不可思议的是，二人还来自同一省市。只不过王小萌居住在市区，而赵红雷的家乡是市辖县的乡村。在地铁出口处分开时，他们互留了联系方式。之后，就是他们在公司里的重逢。

王小萌也不知道是谁先表白，仔细想想，确定关系时也没有特殊情况发生，总之，一切都在不经意之间，瓜熟蒂落，水到渠成。

在表白之前，他们还一起回过老家。在火车站出站口，王小萌临上哥哥王小虎的车之前，把家里的地址发给了赵红雷，那是一处省直单位的家属院。

王小虎看妹妹迟迟不上车，特意从车上下来，邀请赵红雷有时间去家里做客。

"小萌，以后你想怎么办？"米娅双手握着方向盘，打断了王小萌的回忆。

王小萌匆忙擦掉眼角的泪水，用五指梳理了一下头发，鼻子有些闷，她说："嗯？太突然了，我没想过，也不知道该怎么办。他说他付的那一半首付不要了，每个月还会帮我还贷。不过，我不想欠他的。"

"你有钱还他吗？这三年你白付出了？"

"感情的事是双方的，无所谓谁付出不付出的。"

"三年时间，可以让一个男人变得成熟，这种成熟，还可以让他吸引更多的女人。说白了，他这三年，还不是在你这个'辅导员'的调教之下成长的吗？他支点学费不应该吗？"

"小娅，这么说也不全对。其实，我们两个人，很多事情都是他说了算，我一般都听他的，说是他让我成长还差不多，我觉得我没有影响到他什么……"王小萌望着灰蒙蒙的天空，有气无力地说道。凌晨就起床赶到火车站，再加上突如其来的变故，让她身心俱疲。

"小萌，你呀你，说你什么好，你知道你的优点是什么吗？是善良，而缺点是太善良！你难道真没有想过和赵红雷分开以后怎么办吗？"

"原本除了你和国凯，也没有人知道我们的关系，所以，他把我踹了，我也不用担心别人指指点点。"

"你说的也在理。不过，你可要抓紧了，女人，真就好比是当季的衣服，必须趁年轻把自己交付出去，否则越老越不值钱！"米娅结合实际做着总结。

"我不赞成。"王小萌反驳得有气无力。

"你真的想把房子的另一半首付还给赵红雷？"

"是的。"王小萌坐直了身体，目视前方。

米娅转过头看了她一眼，目光虽然没有对视，但完全能体会到王小萌的决绝。米娅是了解王小萌的：自尊心很强，不想占别人的便宜，虽说大多数时间没什么主意，别人说什么是什么，不过一旦有了她自己的想法，或者说目标，一百头牛往回拉也拉不动。

"你想过没有，那些钱可不是小数目……"

是啊，怎么还？两年前买房的时候，在家人的帮助下才凑齐首付的二分之一，后来一个月一万多的房贷，王小萌和赵红雷约定各付一半。平时，王小萌的工资除了付完一半月供，剩下的差不多全部用于支付生活开销，根本没有多余的存款。赵红雷比她挣得多一些，二人平摊，她没有主动向他要过一分钱。

王小萌这才发现，自己还真是徒有还钱的志气，她沉默了。

"你看这样行不行？"米娅说完这句话又停下来，下一句她本来要说"从我这里拿钱吧"，可是，话到嘴边还是咽了回去，"你那套房子不是两室一厅吗？我想了想，要不然？把另外一间卧室租出去？"

"租出去？"王小萌眼前一亮。

"对啊，租出去。反正你不想卖这套房子，一个人住又有点大，闲着也是闲着，为避免自己瞎想，那就租出去，靠它生钱。"

"米娅，你怎么会有这样的想法？"王小萌的话里虽然一百个不乐意，但是原本灰暗无光的眼睛变亮了。

"你家的位置虽然不在市中心，但是离公园近啊，周围环境好，物业也不错，租金没准还能往高处要，我觉得会很好租。"

"小娅，这……这不好吧？"想想精心打理的家住进一个陌生人，王小萌内心深处还是不愿意的。

"怎么？赵红雷都把你抛弃了，你还在等他回心转意吗？"

"小娅……"

"小萌，我知道你心里难受，一段感情不是说结束就可以结束的，可是谁让你运气不好呢。他选择了别的女人，已经不爱你了，你再不努力忘掉他，还为他伤心，作践自己就太不值得了。"

王小萌咬了下嘴唇，问："那租客，要找一个什么样的人？"

"当然是男人了。"

"男人？有没有搞错，我那小房子可只有一个卫生间、一个厨房，而且还有幸福满地跑，太不方便了。不行不行，非要租，还是女孩子更好一些。"

"切，女孩子？你还想不想嫁出去了？"

"这跟我嫁不嫁得出去有什么关系。"

"你要知道你今年已经二十八岁了，再不抓紧，米花儿就没有玩伴了。"

"那也不能随便找一个房客嫁呀，与其凑合，我宁愿不嫁，独身！"王小萌越听越不对劲儿，有点恼火。

"房客就没有条件好的吗？再说了，有我把关呢。对了，你有没有想过你妈妈？"

王小萌心头一紧，但她说："这是我的人生，又不是我妈的人生。不行，我觉得还是不妥，女孩子的话，我还可以考虑考虑。"

"王小萌，至于嘛，赵红雷打击得你连性取向都变了？"

"小娅！"

"行了，这次你就听我的吧。和你说一下我的设想：招租的对象必须是男性，爱狗人士，年龄再大也不能超过你，所以定在二十八岁以下。另外，学历、容貌、身高、家庭条件什么的也有必要先行了解一下……放心吧，我不会让不熟悉的男人或者品行不端的男人成为你的房客的。为了你的安全，这个招租广告咱不乱发，小范围在你我的朋友圈里发一下。不用你操心，我都构好思了，一会儿到家就写，保证有吸引力。"

五

王小萌拒绝了米娅陪她的要求，坚持一个人上楼回家。米娅不好再说什么，送王小萌到楼下。幸福老早就兴奋起来，从车上跳下来，鼻子紧贴着王小萌手里的手提袋。

"小萌。"米娅隔着车窗喊，"我有预感，你未来的那个他，一定比赵红雷强！"

米娅天生锦鲤体质，她不轻易祝福谁，一旦说出口的祝福，总能实现。当初王小萌找工作、和赵红雷确立关系，甚至她自己嫁入"豪门"……这些都是她祝福和预言过的，虽然听起来有些不可思议，可事实上都是王小萌亲身经历且亲眼目睹的。

王小萌点头笑了笑，算是回应。她和幸福站在单元门前，目送米娅开车离开。刚才一直在眼眶里打转的泪水终于顺着泪沟流到嘴里，咸咸的。王小萌像是被什么东西撕扯着，从心脏和大脑影响到全身，直至拖住她的双腿。她觉得自己变成了手中的行李箱，沉重得没有灵魂。

房门的密码是赵红雷的生日，她哆哆嗦嗦输了好几次，门才打开。看着地上的拖鞋，又看了一眼母亲特意给赵红雷做的馒头，王小萌终于忍不住蹲在地上抽泣起来。

说难听一点，她被男人一脚踹了；说好听一点，未婚夫临阵脱逃了。不管哪种说法，事实都是一样：本应走进围城的人，被挡在城门之外。

王小萌深知自己是一个"奔三"的女人，她从小接受的教育和人生观，就是在什么年龄做什么事。虽然刚才对米娅说自己要独身，但她却无法接受一辈子不结婚、独居的现实。

在谈婚论嫁的年龄，走进婚姻，做一个贤妻良母，这是王小萌下定决心走的一条路。

王小萌记起两年半前和赵红雷确定关系后第一次回老家见母亲江彩霞时的情景。母亲把她叫到哥嫂房间，问她是不是需要再考虑考虑，理由之一是这小伙子太会说了，有可能不实在。

王小萌问别的理由是什么。

江彩霞说，他们那个县的男人可是在全市都有名。在她小时候就听说过一句当地的老话：宁嫁邻县的穷小子，也不嫁本县的帅小伙儿。

王小萌不解。

哥哥王小虎接过话茬，先肯定母亲的说法，内心却向着妹妹："咱妈的意思是说，帅小伙儿靠不住……不过，现在已经进了新时代，怎么还能信老话？小萌，别听咱妈的，跟随你自己的内心。"

"什么不信老话？我看啊，老话可是实践中得出的真理。你们经历得少，我可是见过好几个。人长得帅，又会说，结果呢，还不是出轨、劈腿、搞外遇？"江彩霞越说越激动，最后补充了一句，"别忘了，你们的爸爸……你们的祖籍也是那儿。"

现如今，赵红雷的所作所为，还是被母亲口中的"老话"说中。而不知情的母亲，还等着和赵红雷的母亲一起吃饭、认亲家呢。

该怎么和母亲说呢？王小萌拿着狗粮来到阳台，幸福的尾巴左右摆动着，在饭碗前等着。

倒完狗粮，王小萌来到冰箱前，面对拉开的冷冻室抽屉，脸颊开始抽搐起来，伴随着馒头的掉落，豆大的泪珠落到了她的手背上。

想当初，她不顾母亲反对，执意和赵红雷在一起，还以一个月不回家来反抗。最后是哥哥王小虎从中调停，她和母亲才结束"冷战"。

近两年，不管第一印象如何，她每次回家，或者给母亲打电话、发微信，母亲总是先关心赵红雷怎样了。每当那时，王小萌都有种错觉，女儿成了外人，未来的姑爷倒成了王家的子女。虽然有些吃醋，可心里还是充满了幸福。

王小萌推上冰箱抽屉，哭出了声。泪眼朦胧中，幸福不敢出声，转身看向她。她重新打量这个家，买房、装修、买家具，虽说大部分时间都是她在张罗，但依旧抹不掉赵红雷留下的痕迹。那个书架，是按着赵红雷的设计让木工打的；那个书桌，是依着赵红雷的习惯买的；而幸福，就像他们的孩子，他们看着它从不到一个月长到现如今的一岁三个月……

米娅不放心王小萌，发来微信语音，建议她请几天假，调整一下。王小萌拒绝了：刚休完年假，又请假，说不过去，她觉得自己能撑过去。

"明天一早，我要带米花儿上早教课，可能没时间给你打电话。萌，我提醒你，万一在公司遇到那个渣男，不要躲避，就当他是空气，必须昂首挺胸，目视前方，千万不能缩脖子。"

"怎么能缩脖子……"

"女人越是不在乎，男人越慌。把他们当根葱，他们就觉得自己是大料。"

"噗！"

"小萌，你要记住，没有那个渣男，你也照样能炒出好菜。"米娅总是这么了解她。

王小萌苦笑，窝在沙发里，摸着脑门，她觉得这些天过得太恍惚，从没有想过这个世界会变成她不认识的样子。

赵红雷的办公室是一个临窗的隔间，坐在王小萌的工位，可以从百叶窗的缝隙看到他的办公桌。

以前，他们通过这个缝隙传递过眼神，而今天，王小萌找不到那个缝隙，那一片"百叶"被摆正位置，赵红雷的办公室被包裹得严严实实。

她魂不守舍，盯着电脑，却无心处理手头事务。

十点半，茶水间有免费的蛋糕可以吃，她拿起马克杯，走向茶水间。

赵红雷正坐在咖啡机对面的餐椅上看手机。二人的目光无意之中交会在一起，狠狠击中彼此。

王小萌脑子一热，昨晚米娅的"忠告"早被她抛到脑后，她脖子一缩，转身想离开，却和韩维维撞了个满怀。

韩维维瞪大眼睛，王小萌的脸红了，自言自语地说："这咖啡瘾我必须要戒，怎么就改不了呢？"

"萌姐，你可是和我打过赌的，再让我看你走向咖啡机，你可就算输了。"

"我这不是忍住没喝嘛，放心，不会有下次。"

听到王小萌和韩维维的对话，赵红雷也没有抬头，王小萌以最快的速度回到工位，像是躲避瘟疫似的。

她想起昨晚喝了一大瓶红酒，醉倒在沙发上进入梦乡，早晨是被米娅发来的微信叫醒的，是一则招租启事。

王小萌通读了一遍，看到联系方式里有自己的手机号码，她前思后想，怎么也做不到拉下脸面发朋友圈，让所有人看到这条广告。这是多么想把自己嫁出去？尽管同事们一直以为她是单身，看了这广告，还不得在背后议论死她——

"真想不到王小萌是这样的女人呀。"

"是呀，这也太开放了！古代顶多抛个绣球征婚，她这可是直接上啊。"

"哎，你要不要去试一试？"

…………

王小萌坐在地铁上，脑补着爱嚼舌根的那几个同事的对话。她摇摇头，自言自语道："不行，不能发。"

可是如果不发，想还钱给赵红雷就没有着落，米娅一定会催问她。王小萌拿着手机，灵机一动，把信息复制过来，给米娅和毕国凯两个人单独设置了一个组，点击了"发送"。

不过，赵红雷还是看到了广告，王小萌不发，米娅会发啊。要知道，米娅和毕国凯可是他们共同的好友。

赵红雷盯着方案看，他很清楚这不是王小萌的本意，然而还是像吃饺子蘸醋一样，酸酸的。

赵红雷不是没有比较过，单纯论结婚过日子，王小萌是最佳选择。可事实却是必须和林豆豆结婚，才能得到他想得到的一切。孰轻孰重，他一目了然。

赵红雷喝了一口茶，盯着毕国凯和米娅的朋友圈，看着米娅的自拍照头像，越发对米娅厌恶起来。

这时，他眼睛的余光看到王小萌走进茶水间，又听到了她和韩维维的对话。

六

　　檀子霄的高中同学夏正宇在朋友圈看到一条奇怪的"招租广告"，就把它转发给了急需有一个安身之所的檀子霄。

招租广告

　　现有两室一厅，北欧装修风格，拎包即可入住。阳台可看最美日落、奥林匹克森林公园，千兆宽带，打游戏打到手软。房东系女性，貌美如花，沉静如水，寻找合住者。

　　条件如下：二十八岁以下，举止文雅，谈吐得体，品行端正的男性。不必学富五车，要有一技之长和擅长的领域。如没有潘安之貌、檀郎之颜亦尚可。除上述条件，爱狗人士优先。

　　下面还附有联系方式和九张房子的照片，分别是卧室、客厅、餐厅、厨房、卫生间等，最后三张是檀子霄最中意的阳台。

　　封闭，靠近客厅的位置，有一个书架，放大图看，书桌上好像有画画的工具，窗外是葱郁的绿。

　　房间的色调很清爽，一看就知道是加了滤镜；北欧极简的装修风格，最重要的是干净整洁，这是檀子霄最喜欢的。

他把这条"招租广告"前前后后看了好几遍，笑容不自觉地挂在了嘴角上。

什么是"没有潘安之貌，檀郎之颜亦尚可"？这确定是招租广告吗？真的不是相亲广告？这是房东写的文案吗？可真是挺逗的。

从景德镇来北京已有半个多月，由于来时仓促，檀子霄投奔并寄宿在高中同学夏正宇的出租房内，那是间一室的小公寓房。

要是夏正宇没有女友，要是小公寓的电梯运行良好，不逼得檀子霄总爬楼梯，檀子霄一定会赖在这儿不走，找到正式工作前他万万不会动搬家的念头。

然而，生活哪儿有那么多如果。

夏正宇的那个小女友一周来三次，每次她来，檀子霄都会以去社区广场画画为由躲出去。

大多数时间，他的画架前没有几个顾客，他会专心看街舞团跳舞，又或者看身着运动服、白手套的大妈们跳操。

直到所有的音乐消失，人走得一个也不剩，他才借着微弱的灯光，蹑手蹑脚地回到同学的房子里，一头栽到沙发上。他把植入了钢板的右腿放直，身体被透支到极限的疲惫感瞬间奔袭而至。然而，他的大脑却是清醒的，像是喝过咖啡或者奶茶那样亢奋。

他用一床蚕丝夏凉被捂住耳朵，还是能听到玻璃隔断那一面窸窸窣窣的声音，明明很细小，却像是经过一台高倍率扩音器般传到他的耳朵里。

他紧紧缩成一团，开始默默数羊，"一只羊，两只羊……"，到后来的"一百只羊"，甚至连喜羊羊、美羊羊、灰太狼也到了嘴边，可还是没有睡意。

直到那台扩音器关闭，他才迷迷糊糊进入梦乡。早晨又被那个淇姑娘吵醒，厕所里传来她的小便声。

檀子霄对睡眠质量要求很高，当他抱着一床价格不菲的蚕丝夏凉被出现在同学夏正宇面前时，夏正宇开玩笑说，就这装备，怎么都不像是流浪者呀。

"房子怎么样？我觉得肯定靠谱，你猜是谁发的？"夏正宇发来语音。

"你确定这是在招租吗？"

"那能有假吗？这是我们公司老总毕国凯转发的，就是我给你说过的那个，怕老婆的毕总。"

"他发的，就一定是真的吗？"

"据我了解，他为人还是很正派的，你放心好了。要不我托人帮你打电话问问？得抓紧，这广告已经发了几天了，只是我刚看到而已。"夏正宇热情满满地说。

檀子霄知道，这一定是淇姑娘的主意。不可否认，在他们面前，友谊不如爱情，他不怪他们，夏正宇的房子太小，他的出现的确影响了这对小情侣的生活。就算夏正宇不转发给他招租信息，他也打算去中介找房，因为他的财务"危机"已经有了转机。

昨天他和大姐檀招娣联系，大姐说，会给他的卡里打几万块钱。

"不用，我自己联系房东吧。我一个男人怕什么，现在没有财，难道还怕被劫色？"

"哈哈哈，我看啊，这招租广告就是给你写的。你忘了上大

六

33

学的时候，咱们辅导员怎么称呼你的？"

"檀郎。"檀子霄苦笑了一下，听完夏正宇的语音，说了这两个字。

檀子霄唇红齿白，相貌俊美。任谁看他，都会脑补他穿古装的样子，丝毫不比影视剧里的小生差。于是辅导员说，一般都形容美男子是潘安，我看咱们檀子霄同学就有檀郎的颜。

房子的位置，檀子霄很喜欢，就是距离 5 号线地铁有点远。不过没关系，他出门不怎么坐地铁，基本上都是呼叫网约车出行。

这么想着，他拨通了招租广告上的手机号码。

"喂？"一个女人的声音传来，那声音很通透。

"您好，请问是您在招租吗？我是……"檀子霄还没介绍完自己，对方就打断了他的话，"不好意思，我现在手头儿正有事，说话不方便，一会儿给您回过去。"电话断了，原本准备好的各种问话，全被噎回了肚子里。

檀子霄不免有些失落。夏正宇说，这条广告前几天就在朋友圈发布了，据他判断，求租人不会少。这样一想，倒激发了檀子霄一定要租房的斗志。

他又点开广告，把条件看了一遍，这次浏览他不由自主地对号入座。

首先，女房东要求的年龄是 28 岁以下。他 25 岁，完全符合，不小也不老。

其次，举止文雅，谈吐得体。这条，他很有自信，与他接触的，不管男人还是女人，都会以类似的词语来形容他。就连前不久刚认识的夏正宇的女友淇姑娘，也对她男友私下说："你这同学长得怎么这么像张若昀呢？还挺有气质，笑起来很暖，不敢长时间和他对视。"

再次，不必学富五车，但要有一技之长和擅长的领域。画画算不算特长？这可是他来北京的希望。他把那张阳台的照片放大，如果没有猜错的话，桌上一定是没来得及收走的画画工具。这么说来，两个人有相同的兴趣爱好，一定谈得来。

最后，如没有潘安之貌，檀郎之颜亦尚可。一看写文案的姑娘就不懂，潘安和檀郎不就是一个人嘛。以他自己被称呼了多年的"檀郎"这个外号，还能过不了这关？

当然，还有广告的最后一条：爱狗人士优先。檀子霄微微一笑，从小就有狗陪伴的他还不算爱狗人士的话，这天下还有喜欢狗的人吗？

檀子霄坐在画架后，被自己的分析逗笑了。他更加确信，夏正宇说的这个招租广告，就是为自己量身定制的。

广场上，来来往往的小情侣，还有蹒跚学步的幼童，都沉浸在他们的世界，仲夏之夜来临了。

七

招租广告发出后，米娅收到多个咨询电话，有男人也有女人，有她的朋友，也有毕国凯的朋友。

米娅发誓要替王小萌选一个胜过赵红雷的男子，像是选结婚对象一样，工作单位、样貌、学历、家世、身体状况，以及是否真心喜欢狗，喜欢什么样的狗，大型犬还是小型犬……全部一一过问，甚至让对方发近照。

因为都是熟人或者朋友介绍，对方倒也很坦诚。只不过，要么学历、工作不行，要么年纪过大，要么离过婚，要么家世不好，要么外貌不出众；要么条件差不多勉强够，一说有狗就尖叫，说从小对狗毛过敏，现在还吃着药。总结下来，没有一个差不多的，而是全部都差太多。

米娅摇了摇头，把手机扔到桌上。

客厅传来米花儿的哭声，她起身正要去看，手机响了：一个陌生的外地号码。她摁了接听键，走出书房。

米花儿从充气木马上跌下来，保姆红姨正在哄。

电话那边传来一位男子的声音，低沉而又浑厚，还带有一点口音："您好，请问是您在招租吗？我是……"

米花儿看到妈妈，一边哭，一边伸出双手让米娅抱。

米娅不禁心头一紧，这些天王小萌的事占据了她所有的时间，把米花儿一股脑儿丢给了红姨，可怜的女儿。

"不好意思，我现在手头儿正有事，说话不方便，一会儿给您回过去。"

米娅把手机丢到沙发上，张开双臂把女儿抱在怀里，亲额头安慰起来。之后的几个小时里，做辅食、讲故事、做游戏，直到把女儿哄睡着抱到床上，她这才重新拿起手机。手机静音了，有几个未接来电，还有微信未读信息。

米娅回到书房一一回复，最后才想起几个小时前，被她挂断的来自外省的来电，那是一个有磁性的、听起来很年轻的声音。

檀子霄接到米娅打来的电话时，正背着画画的工具穿过小广场回夏正宇的公寓。

广场上人渐稀少，一位民谣歌手正对着手机直播他的演唱，在吉他的伴奏下，声音有些聒噪。

檀子霄快走几步，来到一个长椅前放下包。电话那头是一位年轻女人，快人快语，一听就知道不是拖泥带水的性格。

她首先问檀子霄是从哪里看到的信息，接着，就像一位面试官，和对方一问一答，就差问家庭出身了，这让檀子霄十分纳闷儿。

"不用太惊讶，我不是房东，房东是我一位朋友，受她委托，我全权代理，只要过了我这关，她就不会有意见。你也知道，一个女孩子招租客，就安全来讲，会有很多顾虑。"

檀子霄望向夏正宇公寓的方向，说："嗯，我理解。不知道该怎么称呼您？我非常有诚意做您朋友的房客，如果方便，可不可以让我先看一下房？如果满意，房租好商量，我会先预付一年房租。"

夏正宇这个人，米娅听说过，是一个很有能力的男孩子。电话对面的男生是夏正宇的同学，同样来自景德镇。米娅喜欢喝茶，对瓷器也热爱，所以她对来自景德镇的檀子霄好感倍增。

虽然他没说父母从事什么职业，以后会不会和他生活在一起。但是，他不是独生子女，还有两个姐姐，赡养老人不会有太大的压力。

米娅看重的，一是他学画画，王小萌也喜欢画画，他们有相同的爱好，熟识起来会很快；二是他从小就养狗，养大型犬德国黑贝，他自称是在狗的陪伴下长大的。

在米娅的要求下，二人互加了微信。米娅第一时间点开檀子霄的朋友圈，做最后的"侦查"。

动漫图做头图，三天可见的朋友圈里没有鸡汤、时事新闻，头像则是一张侧脸的自画像。

"是我的菜。"米娅笑了，到衣帽间换衣服，准备出门。

在发布广告这件事上，王小萌则像是一具行尸走肉，任凭米娅摆布。白天，赵红雷发给她一张截图，问是不是她在招租。王小萌一看就知道是米娅的朋友圈，她输了一行字："这房子我一个人住有点大，确实想找一位租客分担一下房贷。"

就在点击"发送"键前，她又把字全部删掉，果真让米娅料到了，还是不理他为好。

王小萌开了一瓶红酒，坐在沙发上。放眼望去，房间还是从前的样子，确实有些乱。这时，门铃和手机一起响了，站在门口的是米娅。

幸福听见门外的声音，跑到玄关汪汪地叫，边摇尾巴，边回头看王小萌。

"小萌，一猜你就没有收拾渣男的东西。这怎么能行，我都和小檀约好了时间，明天早晨他过来看房。幸福，乖，小姨看你来了，你看，这是你喜欢吃的狗粮。"

幸福抬起两只前爪，向米娅身上扑，米娅用狗粮挡了一下，今天她穿了一身小香风套装。

"幸福，过来，你姨的衣服挺贵的，挠坏了妈妈可赔不起。"王小萌呵斥着，又对米娅说，"什么小檀？明天早晨我还要上班呢。"

"知道你要上班，你早点起床，也花不了多长时间。室内就这点地方，几分钟看完，最主要的是，你俩先有个接触和认识。"米娅把狗粮递给王小萌，看了一眼腕表，接着给钟点工打电话。

"你这不是帮我找租客。"王小萌嘟哝了一句。

只听米娅的电话通了，米娅说："琴琴，姐给你发个地址，你现在马上带清扫工具过来，距离你家不远，工钱是平时的两倍。对了，来的时候多带几个大袋子。"

"小娅，这么晚了，你这是……"

"我让给我家打扫的钟点工帮你整理，彻底清除赵红雷的所有痕迹，明天起你必须开始新的生活。"米娅走到窗前，拉上窗帘，"今天时间有点晚，玻璃就先不让琴琴擦了。"

"小娅，要不……别招租了，我看我一个人生活也挺好。"王小萌给幸福倒完狗粮站起身。

"瞧你这没出息的劲儿，碰到一个渣男，就认为全天下没有好男人了？"

"不是，这让我妈知道了，不定怎么骂我呢。"

"你都多大了，你妈还这么管你？"米娅把升降衣架落下，摘下几双男袜，丢到地上。

这时，摁密码的声音从门口传来，不等二人反应，赵红雷喊着"小萌，我回来啦"走进玄关。

正低头吃食儿的幸福竖起耳朵叫了一声，蹭着米娅的腿，向赵红雷蹿了过去。

米娅骂了一句："嘿！我的袜子！你这没心没肺的小白眼狼！"尽管她有些吃惊，但也在她预料之中，渣男之所以渣，就是因为他们"吃锅望盆，得陇望蜀"。往深里想，三年的感情总比一见钟情更深厚吧。米娅说："你来得正好，把你的东西赶紧带走。"

"嫂子？您怎么在这儿呢？"幸福扑到赵红雷身上，对他的脸猛舔，赵红雷抱着幸福，低头迎合。

"我就不能在这儿吗？"

"不是，我不是这个意思。"赵红雷有点措手不及，他放下幸福，把领带松了松，擦了擦额头上的汗。

他刚才和林豆豆撒谎，说要去租住的房子里取衣物，如果太晚可能要留宿。豆豆答应了他，他还真没想到米娅也会在。

明明很讨厌，赵红雷还是满脸堆笑，他说："还好嫂子在，要不然，你又该说我对小萌有企图了，我取了东西就走。"

米娅说："最好把你的东西都带走，一会儿保洁就来，你不拿走的东西就直接丢垃圾桶。"

八

赵红雷收拾完个人物品来到客厅，看到茶几上的红酒，刚要说话，米娅催促他赶紧离开。

那个叫琴琴的女孩也到了，手里拎着清扫工具。

赵红雷知道，再磨蹭也熬不过米娅。

"还有书架上的书、CD……"王小萌说道。

"你看着处理吧。"赵红雷拉起行李箱，向玄关走去。

对于赵红雷来说，这次回来整理衣物只是他的借口。今后，他只要带好证件，住进林豆豆的公寓即可，林豆豆会以她的审美为他准备所有的物品。

"等明天，去楼下找个收废品的，卖了就是了。"米娅接过话，"要懂得'断舍离'，这样才能清爽。"

王小萌面对书架而立，高的两层是赵红雷的，摆放着他最喜欢的书和CD。她想起热恋的时候，他把书名发给她，她替他在网上下单。

赵红雷强压心中不爽，伸手开房门，说："嫂子、小萌，我走了。"

"等等，你还没说哪天去办更名手续呢。"米娅追过去。

"最近我会比较忙，要上一个新项目。再说，去房管局办事，还需要预约……"

"说得也对，这样，你先写一个保证书吧，等我了解一下流程，再和你联系。"米娅转身去书桌找来纸笔，赵红雷只好放下行李箱，按着米娅的意思写下保证书，签上自己的名字。没有印泥，米娅拿出用了一半的口红给赵红雷用。

王小萌知道口红很贵，上前阻止，说："不摁手印也行。"

"那怎么行？没关系，这支口红我刚好不想用了，就算给我一个换新的理由。"

赵红雷暗暗问候了一下米娅的家人，都怪自己有把柄被她抓着，只能这么没有底线地忍耐。这样的女人，惹不起，躲得起。他相信以后自己再也不可能和她有交集。

米娅逐字逐句审核了一遍，说："就这样吧，你可以走了。"

"对了，小萌，之前我和你说过，抚养幸福的事，我哪天能带走它？"

幸福听见叫它的名字，跑过来蹲在客厅的地上，远远地看着赵红雷。

"不行，幸福跟我，不能让你带走。"

幸福抬头看了看王小萌。

"小萌，这你就不对了，我可是净身出户，养幸福是我唯一的要求。"

"幸福虽然是我们一起带回家的，可是它和我感情深，是我一直在陪伴它成长。"

"王小萌，这你就不对了吧，我怎么没有陪伴幸福？幸福学会的本领还不是我一天天训练出来的，哪样是你教的？"赵红雷说完，对着幸福喊，"幸福，来，跟爸爸走。"

"你教它不假，吃喝拉撒还不是我管的，你遛过它几次？"

"去上海的前天晚上就是我遛的。"

王小萌一时语塞，满脸通红，这句话问得还真有毛病，遛过几次？明明都是她在遛，春夏秋冬，风雨无阻，次数多到数不过来，赵红雷只有这一次，却完美回答了她的提问，仿佛他对幸福的照顾远胜过她。

"赵红雷，你挺行啊！你抛弃了小萌还不行，还想把幸福一起卷走？你还让不让小萌活了？"米娅咄咄逼人。

"那让幸福自己选。"赵红雷不想让步，重新拉起行李箱，打开房门，"幸福，来，跟爸爸走。"

幸福的尾巴贴着屁股，站起来跟着赵红雷向前走了几步，又回头看王小萌和米娅，停下脚步。

王小萌死死咬住嘴唇，喊了一句："幸福，回来！"

幸福喉咙里呜咽着，重新摇起尾巴，低下头，像做错事一样向王小萌走过去，用头去蹭王小萌垂着的手。

赵红雷嘟囔着："幸福，你个忘恩负义的小狗崽子……"

两个小时过去，琴琴的打扫接近尾声，米娅挨屋检查，她让琴琴把收拾整理出来的赵红雷没有带走的衣物拿走。她对琴琴说："送人，或者丢到垃圾桶，你说了算。"

王小萌站在身后，插不上一句话，那件毛衣是年前刚买的，赵红雷没穿过几次；那件衬衣，是去年自己送给他的生日礼物；还有那顶帽子……

眼看着琴琴把毛衣叠了叠想往塑料袋里塞，王小萌上前抢了下来，说："这……我哥还能穿，他俩个头儿差不多。"

米娅憋了又憋，咬住嘴唇，话才没有说出口。

尽管如此，琴琴带来的塑料袋已经装得满满当当。琴琴走时，王小萌把她送进电梯。

经过这次大扫除，这个家基本上没有了昔日男主人的痕迹。

米娅打了个哈欠，说要留下来陪小萌，明天上午回家。

王小萌担心米花儿。米娅说，现在她最重要，米花儿至少有她爸爸呢。

王小萌的眼泪再次落下，像开闸的洪水。米娅只是抱着她，让她哭。感情的事，外人再怎么干预也解决不了，还是要靠她自己走出来。

第二天天刚亮，王小萌就被米娅叫醒，洗漱化妆。王小萌一百个不乐意，她本来就不是特别注重外表的女孩子，她觉得每天早晚化妆、卸妆过于浪费时间。她推崇自然美，擦点隔离防晒霜，画个眼线，擦个口红，就算是最隆重的妆容了。

米娅和她刚好相反，她把业余时间都放在护肤和保养上。如果说王小萌用纸笔画画，米娅则是在自己的脸上作画。

早晨的时间果真过得很快，距离约定时间还有五分钟，在沙发上卧着的幸福突然竖起耳朵跑向玄关，片刻后，门铃响了。

米娅示意王小萌去开门。

"是小檀吧？"米娅在王小萌身后问道。门开了，只见一位中等身材，单眼皮、小眼睛的男人站在门前。他穿一件半袖 T恤，墨绿色，胸前点缀了一只白色的猫。牛仔裤、黑白相间的某品牌限量款休闲鞋。

"是我，您是？"檀子霄微微鞠躬，年纪虽小，却有着成熟男人的谦逊。

"我是你小娅姐……"米娅说完，又觉得这个"姐"不太妥当，还是消除年龄差比较好，于是她笑了一声说，"看我，咱们也没差几岁不是？如果不介意，叫我名字就行，我的名字是米娅。哦,这就是我的闺密,房东王小萌,你就叫她小萌吧。"

王小萌正打量着眼前这位男子,看起来,他比她侄子王星星大不了几岁,还是一个孩子。听米娅介绍完,才听懂她话里的意思,于是,脸颊上很快飞起两团红晕,又在心里暗暗埋怨米娅:也真是,租客怎么是位年纪轻轻的小弟弟?她可不想搞什么姐弟恋,弟弟型的不是她王小萌的理想型男朋友。

不过话说回来,米娅张罗了这么些天,王小萌也不好立刻就拒绝。单看这个人,也不算很讨厌,王小萌就想容他住一个月,然后再找个理由让他搬走。王小萌嘴角的微笑转瞬即逝,调整好心态,脸颊的红霞也渐渐淡去。

"是的,我是房东。"

檀子霄慌忙伸出手,自我介绍道:"檀子霄,老家江西景德镇,目前暂住同学家,以后还要请小萌……姐,多多关照。"

王小萌没有伸手,向后退了几步,说:"进来看看房再说吧。"

檀子霄一脸尴尬,把伸出的右手撤回来,两只手搓了搓。不禁暗想,什么态度嘛,好像这房是豪宅似的。要不是本公子走投无路,给我钱,请我来住,我都不来。想想招租广告中对租客提的各种条件,檀子霄还真以为房东就算没有"沉鱼落雁之容",怎么也有"闭月羞花之貌",哪知道,却是一位身上有肉的姐姐,还化了这么浓的妆,这卸了妆还能看吗?不过,想想也是,他檀子霄不是奔着找女朋友来的,房东长成什么样子,和他有什么关系?正想着,他看到一只黑色拉布拉多犬正对他摇尾巴示好。他弯下腰摸它,说:"好乖啊,你叫什么名字?和我家哈哈有些像呢。"

"哈哈?"

"陪我长大的黑背的名字。"一缕忧伤从檀子霄的眼睛里一闪而过。

"它叫幸福，一岁三个月。"

"正是调皮的年纪。"檀子霄挠着幸福的下巴，幸福眯着眼睛，解除了一切戒备。

这套房子的采光很好，比照片里还显得整洁，只是没有什么生活气息，有些冷清。

"次卧在北面，客厅、餐厅和厨房是公用区域。需要用，你可以提前征求我的意见。卫生间呢，只有一个……"

"小萌姐，你放心，等我找到工作，白天会在公司，就是晚上回来睡个觉，不会打扰到你。"

"小檀，你抽烟吗？或者说，有没有什么……特殊的爱好？"米娅问道。

"我不抽烟，酒嘛，偶尔喝一点。"檀子霄看了一眼酒柜里的红酒，"我喜欢喝清酒。"

檀子霄转过身看向阳台，照片里画画的工具不见了，一棵分开枝权的海棠盆景靠墙而放。花盆的釉面是景德镇特有的青花瓷。

"两位姐姐去过景德镇吗？"

王小萌点点头，表示去过一次。

米娅说："景德镇呀，我也去过，那儿的瓷器太好看了，我去了都不想回来了。"

次卧只有七八平方米，装修的时候本来要做成书房，在王小萌的强烈要求下，才放了一张一米二宽的单人床和一个衣柜。两个人的老家都在外地，亲戚朋友难免会来京，这样他们来了也就有个落脚的地方。没想到，亲戚朋友没来住，现在却租给了一个陌生男人。

檀子霄边看边点头，虽然没有表态，但是实际上他知道自己别无选择。

幸福一直跟在檀子霄身后。王小萌看在眼里，不禁暗骂幸福。

米娅拟了一个合同，约法三章，讲清各项费用和房租租金，以及晚上休息时间。檀子霄点头应允，在他的要求下，今天先交一个月的房租为定金，过几天再补齐一年的租金。

不等小萌开口，米娅点头说："不急，先住一个月再说，彼此都要有一个磨合期嘛。"

王小萌瞪了米娅一眼，檀子霄笑了。

场面有些尴尬，米娅问檀子霄什么时候搬过来，然后又说夏正宇人很不错，毕国凯在家里也提到过他，说他工作认真，人也可靠。

九

王小萌修改了房门密码，是她的农历生日，她把这串数字告诉了檀子霄。

就在这时，敲门声响起。米娅离房门近，喊了一声："谁啊"便去拧门把手。

开门后米娅才看到是赵红雷站在门外，他身上穿着昨晚那套衣服。

"你？"米娅想关上房门。

"嫂子，小萌呢？昨晚太着急，我忘了取一样东西……我不进去还不行吗？就在卧室床头柜最下面那个抽屉里，一个优盘，银色的……"

王小萌一言不发，走向主卧。

檀子霄有点蒙，他隔着门缝，只看见一张男人的侧脸，那男人的脖子上有一颗黑痣。

王小萌拿着优盘来到玄关，递给米娅。米娅把优盘向赵红雷怀中扔了过去。幸福离开檀子霄，向门口走几步，嗓子呼噜着。

赵红雷忙不迭抓住优盘，看到不远处站着的檀子霄，愣了一下，转而满脸堆笑地说："哟，有客人啊，我说为啥不让我进家门呢。"

"赵红雷，你够了没有！"米娅怒目圆睁，王小萌则死死咬着嘴唇，她抓住幸福，阻止它走向门口。

"小萌，今天怎么想起来化妆了？这是要见什么人了吧？"

"小萌化不化妆和你有什么关系，赶紧给我滚！对了，你做的什么事，心里没谱吗？非要我说出来，你才罢休？"米娅怒火中烧，扯回王小萌，想跨出门槛和赵红雷对质。

赵红雷一惊，慌忙举起双手做投降状，又觉得不妥，改成弯腰，作了个揖，说："嫂子，别动气，我这就走，保证没有下一次。您这嘴还是要关得紧实一点，求您了。"

门关上了。当着米娅的面，王小萌不好说什么。虽然她因赵红雷的所作所为而伤心，但是内心深处，她仿佛隐约有种期盼：或许赵红雷是来认错，是来"回头"的。

如果真是这样，她能再接受他吗？想到这儿，她有些恨自己怎么会有这种想法，可真是没出息啊。

檀子霄把三个人的表情全部看在眼里，有些尴尬，细想又觉得无所谓：反正他只是一个租客而已，别人的生活和他有什么关系呢？

"也好，小檀，好好认清这个人，他再来，你如果在家，一定不要让他进来。以后，保护小萌的任务可要交给你了。"

"小娅姐，这个人是？我……"

"他是我的……我的前男友。"王小萌避开檀子霄的目光，低头穿鞋，"我得去上班了。"

"正好，我开车送你，然后再回家。小檀，你呢？"

"两位姐姐不用管我，我回同学的公寓把衣物取过来。叨扰他有些日子了，我得好好谢谢他，所以今天晚上有可能会回来晚一点。不过，我知道密码，不用劳烦小萌姐给我开门。"

檀子霄嘴巴很甜，米娅直乐，王小萌不置可否，心思全在赵红雷身上。

听了檀子霄诉说求租经历的语音，夏正宇很意外，没想到老板娘这么给力，既然是她的闺密，一定是一位靠谱的房东。

"这我就放心了。"夏正宇点击"发送"后放下手机，他隐隐感觉到有点对不住老同学。不管檀子霄以"逃婚"为由也好、以"追求梦想"为由也罢，总之没有把他当外人，在父亲断了他所有财路的情况下，他投奔夏正宇而来。

夏正宇作为曾经得到过檀子霄帮助的人，理应给"恩人"一个安身之所。然而，在女友和朋友之间，他心中的天平却自然倾向于爱情。

不过，夏正宇猜想，檀子霄不会怪他，毕竟不是他主观上不想让他住，而是客观条件不允许，实在是房子太小，三个人挤在一起确实不方便。

"晚上，叫上淇姑娘，咱们仨一起吃顿饭，得谢谢你们肯收留我。不过，我还有一个请求，饭钱你先出，我这几天画画挣的那点钱，今天全给房东了。等我大姐的支援到了，我再请你俩吃大餐。"

夏正宇听完语音，轻叹一口气。在他看来，檀子霄的处境很艰难，但是他却看不到老同学为未来担忧的丝毫愁绪。"果真格局不一样啊。"夏正宇嘟囔了一句只能自己听见的话。

晚餐定在一家新疆餐厅，淇姑娘想吃烤羊腿好几天了。檀子霄把衣物从夏正宇的公寓搬到王小萌家后，早早来到餐厅。他给大姐发微信，问什么时候把钱打过来，等他应完急，找到工作再还她。

檀子霄是檀家唯一的男孩子，最疼他的人是他大姐。然而，迫于父亲的威严，大姐又是胆子最小，最服从于父亲的那一个。

几分钟后，大姐回了信息，没提钱的事，还是那套说辞：北京有什么可待的，别惹父亲生气，家里需要他，还是回家为好。

檀子霄没接这茬儿，只回复了夏正宇的银行卡卡号和开户行，把手机扔在桌上。又是父亲！他想不明白，天底下怎么会有控制欲这么强的父亲，他檀子霄这是走了什么"大运"。

不能把希望全部寄托在大姐身上，要不向二姐刘一娜求助？不行，就算饿死都不会向她求助！他目前的状况，还是要打起精神，先找一份工作，解决生活问题要紧。檀子霄想着，餐厅尽头走来一位女服务员，身穿维吾尔族服装，身材高挑，双眼皮大眼睛。一刹那，他恍惚看到了一个人，耳边又听到那个剧烈的撞击声。

檀子霄的头好晕，心脏比刚才跳动得快了许多，他哆嗦着端起水杯咕咚咕咚喝了几口。他把双肘放在桌上，轻摁太阳穴，强迫自己去考虑未来，而不是重新陷入过去。

搬了家，在小广场给人画肖像的工作是不能做了，原因是距离远，他不能按合同要求的时间到家。

可是，做什么呢？自己又能做什么呢？

"子霄，你来这么早。"夏正宇和淇姑娘在服务员的引领下，来到他的对面坐下，檀子霄这才发现，窗外的路灯亮了，餐厅里的人明显比刚才多了一些。

"我又没什么事，吃晚饭对于我还说可是个大事。"檀子霄说完，向淇姑娘点了点头以示打招呼。

他看到她穿了一件带有民族特色的绿色上衣和黑色短裙。衣服是后期搭配，身体像被一分为二，非常别扭。

她可真是太不会搭衣服了。檀子霄暗想。檀子霄说："淇淇，如果你能换一条同色系的裙子，我想，会显得身材更高一些，这是色彩搭配原理。"

"哎，子霄，你说得有道理啊。刚才我就觉得阿淇这身衣服有问题，可是又不知道问题出在了哪里。"夏正宇转向女友说，"子霄对色彩的感知能力非常强。"

檀子霄也不客气，侃侃而谈："色彩搭配是一门学问，不能瞎配，比如，每一种颜色都有相应的搭配原则。"

那位大眼睛的服务员端来一份卷心菜炒馕，檀子霄强迫自己不去看她，他说："嗯，不过，要是这么说下去，这饭就不能好好吃了。中午没吃上饭，就等着晚上这顿大餐呢。"

正听得出神儿的淇姑娘笑了，说："那边吃边说嘛。"

"我在微博上有个账号，专门讲色彩搭配，让正宇发给你，你按着那上面说的去搭配，保准不会错。"檀子霄拣了一筷子菜塞到嘴里，又对夏正宇说，"来，开动吧，我准备出去找工作。"

"也好，先稳定下来，再做你想做的。"

"可是，我能做什么呢？"

"你堂堂美院毕业的高才生……刚才你说起颜色搭配，我记得，你在景德镇设计的那个瓶子，不是拿了个什么奖吗？你看，和这些相近的工作，你都可以做啊。"夏正宇说完，又对女友说，"子霄可是拥有数万粉丝的大咖。"

"真的吗？这么厉害，你怎么不早说，快告诉我账号，我去关注。"淇姑娘拿起手机准备搜索。

就在这时，坐在夏正宇身后的女人站起身，看向檀子霄。她看起来四十岁左右，身穿一件米色棉麻长裙，白色小尖头皮鞋，妆容清淡，长发绾在脑后。她递给檀子霄一张名片，说道："我是盛世文化传播公司的，我姓张，你也可以叫我 Kate，这是我的名片。请问您贵姓？"

檀子霄有点疑惑，不过还是站起身，双手接过名片，问："我姓檀，您是？"

"无意中听到你和朋友的谈话，我们公司正好有一个实习生的职位空缺，我觉得很适合你，有没有兴趣到我们公司实习？"

夏正宇和淇姑娘对视了一眼，满脸惊诧，刚说找工作，就有人邀约，这简直是天上掉馅饼嘛！

"不过，我说的仅代表我个人意见，还需要你准备一下个人简历及相关资历证明，和我们公司人力资源部门的同事面谈。"

十

这一天对于王小萌来说，可以用混乱形容。这源于赵红雷的两次"回家"，如果说她没有一点期待，那是不可能的。三年的感情，怎么可能说没就没呢？她不理解赵红雷的转变。

米娅的热心，搅得王小萌不能正常思考，连伤心的时间也没有。

这个家还是以前的家，只是，男主人说走就走，最离谱的是，竟然搬进来一个陌生的男人，还是在她的同意之下！

难道不是被米娅精神控制了吗？自己脑子进水了？以自己的性格绝对不可能接受这种只见一次面就"同居"的关系。

王小萌躺在床上，看了一眼桌上的闹钟，已经过了11点了，那个男孩子还没有回家。

她下床去了一趟卫生间，镜子里的她仿佛瘦了一圈。她连着几天没有好好吃饭，不是没有时间吃，而是不想吃。她觉得生活黯淡无光，要不是想到母亲，她可真想结束生命。回到房间，关上门，走到床边，她又折回去，把房门锁上。

一个不知道底细，不抽烟、爱喝酒的男人，谁知道在这种静寂的夜里他会做些什么。以后要养成上锁的习惯，王小萌暗暗想。

王小萌怕黑，窗户只拉了一层纱帘，月光隐约洒向床铺，她伸出手摸了摸左手边——空空的床铺——眼泪又不听话地溢了出来。她翻了个身，月光真美啊！过去再值得留恋，也已经成为过去了。

正在这时，她听见摁密码锁的声音传过来——他回来了。

王小萌差点从床上坐起来，她睁大眼睛，头微离枕头，听着外面的动静。只听嘎吱一声，接着是幸福的呜咽和檀子霄的低语，几秒钟后，外面传来椅子腿落地的声音。

玄关对面是餐厅，有几次，王小萌就差点把餐椅撞翻，更何况只来过一次的檀正霄呢。檀正霄？王小萌怎么都觉得名字有些不对劲儿，后来才知道，是她记错了一个字，应该是檀子霄。

卫生间在两间卧室的中间，王小萌的耳朵跟着房客的行动轨迹，直到次卧的房门关上，她才放下心，迷迷糊糊睡去。夜里她醒了几次，到凌晨才算进入深度睡眠。这导致第二天早晨檀子霄起床洗漱，她都没有听到。

入户门关闭的声音和闹铃声先后响起，王小萌睁开眼，一阵恍惚，这才记起昨天发生的一切：她竟然有了一个同居小室友。

感情上的重创，让她不想去公司。还好昨天早晨赵红雷在家门口出现后，一整天都没有再出现在她面前。

今天呢？又是怎样的一天？这样的工作太折磨人，真想告别过去的话，是时候换份工作了。

这时，米娅请求和她视频通话，王小萌却只点了语音通话，她不想让米娅看到自己肿胀的双眼。

"小萌，昨晚怎么样？发生什么没有？"米娅的声音里除了关心，当然最多的还是调侃。

"一觉睡到大天亮呗。"

"你们一起吗？"

王小萌似乎看到了米娅的一脸坏笑，她说："我是那种会和不熟悉的人一见钟情的人吗？"

"啧啧，怎么不是，你忘了和赵红雷怎么认识的了？当初，你不也不了解他。"

"又提他。"

"好啦，这是想让你充分免疫。幸好他主动提出来，我还正发愁怎么劝你离开他呢？"

"什么？"

"没什么，都几点了，还不去上班？"米娅支支吾吾，"昨天我和小夏，唔，小檀的同学夏正宇，通了电话。别的我不多说，只能告诉你，你这个小房客可是一支绩优股，一定抓住了。"

"小娅，你想多了。不和你说了，我得赶紧起床。"王小萌不由分说挂断电话，自言自语道，"什么绩优不绩优的，我又不炒股。"

王小萌比平时迟了十分钟到公司，隔着几个工位，韩维维向她摇摇手机。一条微信发过来，韩维维问："怎么才来，看你这两天不太对劲儿啊。"

"这几天睡眠不好。"

"Kate 找你，让你来了立刻去她办公室一趟。"

"嗯，没说什么事吗？"

"没有。我感觉不像是坏事，看她今天的心情不错。"

"那就好。"王小萌把手包放进桌子左下角的抽屉里，刚想站起身，韩维维又发来信息："今天没搽口红吧，脸色太难看，你不怕 Kate 说你？"

Kate 是王小萌所在部门的部长，四十多岁还没有结婚，也不是说没有合适的结婚对象，只是她对异性过于挑剔，又讲究穿着和仪表，强调节奏合拍。在王小萌的眼里，她就是一个性格孤僻的老女人。

王小萌又坐回椅子上，从抽屉里取出镜子和化妆包，描了描眉毛，搽了一点口红，黑色短款西装配同色长裤，显得精神干练。

"嗯，是她喜欢的风格。"王小萌对自己很满意，从桌上抽出昨天做好的版面设计，走向 Kate 的办公室。

Kate 的办公室位于部长区，王小萌必须经过赵红雷的办公室。

她强装镇定，尽管听到他说话的声音后内心五味杂陈，像翻滚的海浪，有种想吐却又吐不出的感觉。

来到 Kate 的办公室门前，有节奏地敲了四下，王小萌照例直接推开房门，说："部长，您找……""我"字还没有说出口，王小萌像被石化了，站在门口一步也挪不动。

她看到檀子霄，那个小房客，就坐在 Kate 对面的会客椅上。

而檀子霄刚好回头看向她，两个人目光交会，随后都瞪大了双眼。

"怎么，你们认识？"

"哦，不……"王小萌连忙摆手。

"吓我一跳，我还想，你们怎么可能认识呢？小檀和我说，他从景德镇来北京还没几天。"

"部长，这是这次的版面设计。插画嘛，我尽力了，如果不行，我可以再修改。"王小萌身体僵硬地向前走了几步，把手中的文件夹放到 Kate 的办公桌上。

"先放这儿，我看看再定。小萌，你辛苦了，今后的工作相对能轻松一些，你专心做文案，插画和版面设计就交给小檀。来，你们先认识一下。这是咱们公司新报到的实习生，檀子霄。"Kate转向檀子霄，"小檀，以后你就跟着小萌，让她带你，别看你们差不多同龄，她可是有经验的前辈，也是我们公司重点培养的后备力量。你不用担心，先从简单的文案做起，很快就能上手。"

王小萌知道Kate又在给她开空头支票，什么"公司重点培养的后备力量"，这只是一块吊在她眼前的肥肉罢了：她向前移动几步，肥肉往后挪几步，永远和她保持一定的距离。她看透了，也不再像最早听到这句话时那样会激动，而是左耳进右耳出，或者干脆当没听到。

王小萌知道，檀子霄和她一样惊讶，心中还有无数个问号：这是怎么回事？可面对上司Kate，她必须要强压住这份情绪波动。他们互相欠身，伸出手，互道："很高兴认识你。"

既然王小萌说不认识，檀子霄也只好装作初次见面的样子打招呼。

在Kate的注视下，王小萌只能握住檀子霄的手，她没想到他拥有一只温暖、柔韧的大手。

"手好凉啊，今天天气不好，有点降温，要多穿点衣服才行。"檀子霄的话不知是真关心王小萌，还是表达对王小萌隐瞒两个人关系的不满。

王小萌抽出手，说："谢谢提醒。部长，没事的话，我先回工位了。"

"等一下，你把小檀领回去，他就坐在你对面吧。刘园离职后，工位不是空着吗？"

"嗯。"

二人先后退出 Kate 的办公室。王小萌压低声音，一脸的不高兴，她问："这到底是怎么回事？你不是说没有工作吗？怎么跑到我公司来了？"

檀子霄刚要开口回答，只见挂着"媒介部部长办公室"牌子的办公室里走出来一个男人。

王小萌低下头站住，想让路。男人关上门，看向王小萌。

檀子霄发现他脖子上有颗痣。这是什么情况？檀子霄想着，本能地伸出手指向赵红雷。

十一

赵红雷的关注点在王小萌身上，当檀子霄用手指指他的时候，他才看到前女友身后站着的男子，是那个在曾经的家里看到的短发、皮肤白皙的男人。

"怎么会是你？"

"你怎么在这里？"

王小萌抬起头，恍然明白，昨天早晨的记忆，原来已经存储在两个男人的脑海里。她有些慌乱。

赵红雷也渐渐清醒，他很清楚，这是公司。于是，他闭上嘴不再看檀子霄，只是微微颔首，向电梯走去。

王小萌则拉下脸，对檀子霄说："你闭嘴，晚上回家，我们需要好好聊一聊。"

檀子霄张了张嘴巴，一头雾水，和我聊？我们有可聊的吗？这句话到了嘴边，他最终没有说出口。

回到工位，王小萌指了一下对面的空位，说了四个字："你坐那边。"

"需要我做些什么吗？"

王小萌坐到椅子上，盯着电脑屏幕，没有说话。

檀子霄四下张望，有些尴尬，心里却在埋怨：招你惹你了，你什么态度嘛？

韩维维端着一杯奶茶走过来，说："哟，新面孔，刚入职？"

"嗯，是的。"檀子霄答道，目光依旧在王小萌身上，期待她帮着介绍。

"我叫韩维维，你呢？哪年生人？"

王小萌目不转睛，没有要接话的意思。檀子霄知道指不上王小萌，笑着对韩维维自我介绍："我叫檀子霄，来自江西景德镇，以后还请老师多多关照。"

"哟，景德镇的呀。过些日子我准备休年假，正在考虑去那儿呢。"

"我代表景德镇热烈欢迎你。"檀子霄笑了笑，试探性地问，"我属牛，你是小姐姐还是妹妹？"

"什么妹妹，就算我比你小一岁，论入职的时间，我也是小姐姐，你的前辈。"韩维维打趣道。

"那是自然，前辈老师好。"檀子霄转变得很快，在韩维维眼里，这个男生风趣幽默。

王小萌把无线耳机塞到耳朵里。她打心眼儿里反感他：油腔滑调，可真是不靠谱。这样的男人竟是米娅眼中的蓝筹股？简直让人笑掉大牙。

韩维维看到王小萌的脸色不对，猜测她是因为实习生刚到位，想树立一种威严。韩维维识趣地坐回工位，不再和檀子霄打哈哈。

檀子霄在椅子上坐下，盯着办公桌，不知道该做些什么。他想了想，给夏正宇发了条信息，告诉他刚刚通过了面试。原来昨晚餐厅里通知他应聘的女人是他今后的主管，他不禁有些小开心，不过，最想不到的事情是他在公司碰到了房东！

早晨，米娅被王小萌挂断电话后，回到床上，拧着毕国凯的耳朵，叫醒他，说："刚想起来，昨晚你在电话里说，要告诉我一件事，怎么，我忘了，你也不记得了？还是说，有什么不可告人的事情，不想让我知道？"

　　"老婆，让我再睡五分钟，我真的很累。"毕国凯闭着眼睛求饶，翻了个身。

　　米娅无奈，轻轻打了他一下，去儿童房看女儿。她向二楼的窗外望去，只见草坪泛着葱绿，一对喜鹊停在梨树的枝杈上，叽叽喳喳地叫着。正在发呆的片刻，毕国凯起了床，来到她的身后。

　　"你那天说，小萌被红雷甩了？"

　　"小萌太可怜了，三年的青春就这样给了一个渣男。"

　　"渣男……"

　　"还好他们结束了，也算是庆幸。你不知道，我正绞尽脑汁地想让他俩分手的办法呢！"

　　"什么？我老婆什么时候成了毁婚专家？"

　　"你忘了？我告诉过你，年前我和张总的妻子逛完街，在日料店吃饭的时候碰到赵红雷。"

　　"那个啊，你一定看错了。"

　　"才不会，那个女孩子坐在赵红雷的大腿上，一看就不是什么好人。要不是当时有外人在，我早上去抽赵红雷耳刮子了。真想不到他是这样一种外表老实却喜欢偷情的男人。"

　　毕国凯看了看熟睡的女儿，拉着米娅的手向外走。

　　"那天在机场，他的现任未婚妻，说从英国刚回来，叫什么豆豆。我看啊，什么贵族，分明就是一个暴发户，高傲个什么劲儿！"

"豆豆？你知道她是谁吗？"

"不就是赵红雷公司老总的女儿吗，有什么了不起？公司是她爸的，又不是她的。等等，老公，她姓林，你的意思？她难道和林永泽有关系？不对啊，他女儿不是林姐吗？"

"这个林豆豆是林叔情人的女儿，上初中的时候才被林婶发现。无奈之下，林豆豆和她妈一起去了英国。据说，生活不习惯，她早就想回来。林婶撂下过狠话，只要她活着，这对母女就别想回北京。"

"林婶刚去世不到百天……"

"我也是刚知道的，昨天和林叔吃饭，讨论一个项目，才知道她这个海外的女儿回国了。我在英国留学的时候，和她见过几次。"

檀子霄在工位上坐着，留意着王小萌的一举一动。然而，动静她倒是有，但是她就是不和他说话，仿佛他是一团空气，或者隐形人。王小萌的表现，一时让他摸不着头脑。

韩维维的位置，刚好能看到王小萌和檀子霄的座椅。

很明显，Kate 让王小萌领回檀子霄，王小萌理应像之前对待实习生刘园那样，引导他尽快熟悉工作，步入正轨。可事实并不是这样，王小萌用一种韩维维没见过的冷漠应对。这就让韩维维很好奇，难道他们认识？发生过什么？也不对，没听王小萌说过有景德镇的朋友，难道是网友？不一般的网友？想到这里，韩维维眼前一亮，像是窥探到一件别人都不知道的大事件。

她仿佛有预感，面前的两个人一定有什么关系，她不知道的关系。

韩维维主动向檀子霄介绍公司的现状、职能部门配置以及领导的分工。

到了中午，韩维维还问檀子霄带没带饭，想吃什么，她吃得少，可以和他共享一份外卖。

檀子霄连忙拒绝。

韩维维说，不用感激她，或者觉得占了多大便宜，每次剩下的饭菜，她都会丢到垃圾桶。反正扔了也浪费，有人吃了更好，这样还节约了粮食。

檀子霄掩嘴咳嗽几声，他什么时候已沦落到捡吃扔垃圾桶里食物的地步了？不过，他又有什么办法？父亲利用关系冻结了他名下的银行卡，尊严和钱是有关系的。

韩维维见王小萌还是不吱声，喊了一声："嘿，小萌，想什么呢？"

王小萌紧盯着电脑屏幕，说："我不饿，我抽屉里还有一块面包，你们吃你们的，不用管我。"

十二

　　隔着玻璃隔断，韩维维发现王小萌已早早收拾好随身物品，准备下班。而檀子霄，说他无所事事了一天也不太对，最起码他还帮她去别的部门送了几次文件。中午，他果真和她分吃了一份外卖。下午他很安静，在电脑屏幕前操作着什么。还有五分钟下班，韩维维看不出他有想回家的意思。

　　下班时间一到，王小萌走向打卡机。

　　檀子霄看向王小萌离去的方向，韩维维问道："你还不回家吗？"

　　檀子霄转过头，说："哦，不着急，韩老师您慢走。"

　　韩维维扑哧一下乐了，说："还是叫我 Vivi 吧。哎，你在哪里住啊，要不要一起走？"

　　"哦，我……朝阳区，那个，那个小区名字，我还真记不得了。"

　　檀子霄支支吾吾，他不确定韩维维知不知道王小萌住在哪里。虽然王小萌没有明确和他说，但他有一种直觉：不能让同事知道他们住在一起。令他大跌眼镜的是，王小萌的前男友竟然也在这家公司，还是一个主管。檀子霄觉得自己掉进了一个复杂的网中，这个网看不清，明明没有自己的事，他却即将被束缚住手脚。

"哟，朝阳啊，那你和小萌一个区，我在西城，那明天见啰。"

"明天见。"

同事们陆续离开公司，檀子霄依旧坐在工位上没有动，他一时不知道该去哪里。

尽管租房合同里写了他可以使用厨房，但是他没有准备食材，怎么做饭？这时，王小萌没有笑容的面孔浮现在他眼前。檀子霄蹙了下眉，决定去茶水间吃些免费的点心和水果，喝杯速溶咖啡当晚饭。

茶水间里有其他部门准备加班的同事，边吃东西边轻声聊微信。檀子霄向对方示以微笑，走向果盘，取了几块没人吃的奶油蛋糕和香蕉。

他健过身，在景德镇上过私教课。就目前这种状态，每天吃几顿饭，食物里有多少卡路里，已经不是重点，先填饱肚子才是最重要的事情。

吃了个半饱，碍于同事在休息，檀子霄没有续盘，在红茶和速溶咖啡中，他选择了后者。既然放纵，那就一起来吧。

从茶水间回工位需要经过一个会议室，檀子霄路过的时候，看到几位工作人员在里面忙碌。

刚转过头，看到对面走来两个人，男人是那个赵部长无疑。女人个子不高，目测比王小萌矮三四公分，穿一件针织毛衫、锥腿牛仔裤，烫成大波浪的栗色长发披在左肩前。

"Leo，一会儿开完会，我想吃夜宵，你想吃什么？"

"亲爱的，吃什么当然得听你的啰。"男人说完，搂住女人亲了一下。

很明显，这是王小萌的前任和他的现任？檀子霄感觉脸上发烫，好像做错事的是他：他不应该在这个时间出现在会议室外。

赵红雷亲完林豆豆，才看到檀子霄，后背冒冷汗，他问："你怎么会在这里？"

"Leo，他是谁？"

"新来的实习生。"

"实习生呀。"林豆豆不再想问第二句话。

"实习生，是谁招的你？"赵红雷问。

"创作部，我的主管是 Kate。"

"嗯，明天上午 10 点，你到我办公室来一趟。"赵红雷不等檀子霄回应，转身去追林豆豆。

檀子霄回到王小萌家时，刚好晚上九点。他先是敲了敲门，随后才输入密码开门，幸福跑到门口迎接他，和他保持一定的距离。檀子霄换完拖鞋，蹲下来摸幸福的头，说："幸福真乖，过几天哥哥给你买好吃的。这几天还不行，再等等。"

王小萌坐在沙发上看书，是加西亚·马尔克斯的《霍乱时期的爱情》。檀子霄和幸福沟通完感情，一前一后来到客厅，王小萌这才把书丢到沙发上，来到餐桌前坐下。

她一言不发，指了指对面的椅子示意檀子霄坐，她说："檀子霄，我们谈谈。你是不是在跟踪我？"

"跟踪？有没有搞错，下班铃声还没有响，小萌姐就已经回家了，我怎么可能跟踪你呢？"

"我不是指这个，你怎么知道我的公司？你为什么到我的公司应聘？"

"原来是说这个，哈哈，实属偶然啊，我根本不知道你在这家公司上班，有点好笑的是，小萌姐，你的前任也是这家公司

十二

67

的员工。你们……是办公室恋情吗？这以后怎么相处呢？还好他不是你的顶头上司，否则这关系可真尴尬……"

"够了！"

"看来是我说对了。对了，刚才我下班的时候，看到他和一个穿着性感的矮个子女人在一起，关系很暧昧。我想，那该是他的现任吧。"

"檀子霄，你到底是干什么的？"王小萌的脸色红白交替，白色珍珠耳环跟着微晃，她指着次卧，喊道，"你现在，立刻，马上，从我家搬走，我一分钟都不想见你。"

幸福停止摇动尾巴，来到王小萌的腿边蹭着。檀子霄这才感觉是自己说话有问题，太过随意。他完全忽略了二人的关系：在"家中"王小萌是他的房东，在公司她是指导老师、前辈，不对等的关系，岂容他开这样的玩笑？

再说了，一个女孩子失恋已经很伤心，又被人当面说出来，这不是揭短又是什么？

还好檀子霄反应快，马上示弱，他说："小萌姐，是我错了，是我没有注意说话的分寸，毕竟我们才刚认识不久。是我过于直爽，也太一厢情愿，以至于把你当成我在北京最亲的人了。"

"谁是你在北京最亲的人？我们很熟吗？"

"有的人认识一辈子，也成不了最亲的人。有的人见一面，就可以一起生活一辈子。我有种直觉，我们肯定不是前者。"檀子霄说完，自己都被自己说出的话肉麻到了，不由自主咽了口唾沫。

王小萌的眼泪不争气地落了下来，她说："三年的感情，说断就断……你我刚认识两天不到，就这般取笑我。"

"怎么是取笑你呢，我真不是有意的。"檀子霄赶紧摆手否认。其实他想说的是，明明都是事实，为什么不敢承认呢？

不过，王小萌像是不在意他的辩解，抓起桌上的红酒，倒了一杯，一口气喝完。接着，她开始了压抑许久的自述。

多年以后，当檀子霄和王小萌又说起这天晚上的事，王小萌连连摆手，她说："一定是你记错了，我并没有喝酒，而喝下一瓶红酒，更是不可能的事。当时，只不过因为被未婚夫甩了，我心里很难受，抓住了一个可以倾诉的对象，我有些话痨而已。"

十三

第二天清晨，檀子霄一觉醒来，发现不是睡在床上，而是在客厅的沙发上，身上盖着一条黄色珊瑚绒的沙发毯，幸福在他的脚后趴着，睡得正香。茶几上有半瓶红酒，和一只空高脚杯，地上滚着一个空酒瓶。

他完全不记得自己喝了多少酒，只记得喝了两杯酒后的王小萌，两颊飞起红云。她劝他也喝一杯，他才不得已接过酒杯。后来，二人说过什么话，他已经完全不记得了。他睁开眼，头有些痛，而墙角的射灯昨夜没有关。

他起身去卫生间，发现主卧的房门紧闭。他轻轻敲了几下门，没有回应。

餐桌上放了几片三明治，还有两盒牛奶。檀子霄不记得昨晚看到过这些，不过，肚子已经向他提出了抗议，他不再顾忌，开了一盒牛奶，就着牛奶大嚼三明治。全部吃完，他收好垃圾，和幸福告别，走出家门去上班。

王小萌的前任让他10点去他办公室，他记得，对，那个渣男，米娅姐就是这么称呼他的。他渐渐想起昨晚王小萌对他的哭诉，这个男人的名字叫赵红雷。他倒要看看渣男找他有什么事。

檀子霄来到办公桌前落座，看到韩维维从电梯方向走来，二人对视的时候，韩维维举起拎着快餐店早点的手，试图比画出一个"剪刀"。

"小檀，吃了吗？分你一个？"

"谢谢，我吃过了。"

"别和我客气呀，要不然，我吃不完也是扔。"这是檀子霄第二次听到韩维维这么说话，他不禁好奇这个女孩子是不是很富有，这么浪费粮食。说实话，来北京之前，檀子霄没有这份"觉悟"，对生活的担忧不在他的考虑范围之内。

"就是说……假如饭量小，就不能少点一些东西吗？毕竟浪费粮食是一种很不好的行为。"这些话到了檀子霄的嘴边，忍了忍，他没说出口。他可不是那种喜欢说教的老青年，尽管说教出于好意，但总是不被人喜欢。

韩维维没有察觉到檀子霄思想上的变化，从包装袋里取出一杯美式咖啡，喝了一口。"单点一杯美式咖啡18元，点一份套餐20元，那当然是要一份套餐划算啰。"

"你又不吃那个烧饼，还不如只买一杯咖啡，这样还能省两块。"

"那可不行，我得吃两口。"

韩维维放下咖啡，杯口沾上了口红印子。她突然说："咦，小萌还没来吗？"

"嗯……好像还没看到她。"

"平时她来得都比我早呢，这几天有点不对劲儿。"

"不对劲儿？"

"女人的直觉嘛。"

檀子霄隔着玻璃隔断，看了看对面的工位。电脑、打印机，马克杯，读书台历，还有一些写满日程的便签纸……桌上看似凌乱，却又透着整齐。

和她的家一样。

昨晚她喝了不少酒，他临出门还没有见她起床，檀子霄不禁有些担心她。他拿出手机，找到王小萌的微信：昨晚两个人刚用扫一扫互相加上，还没有说一句话。

"起床了吗？"檀子霄输这几个字，觉得不妥，删掉，又重新输入，"来公司了吗？"他刚要点"发送"键，就听到王小萌说话的声音。

"早上好！"

檀子霄抬头望去，赵红雷、王小萌一前一后走进办公室。

前者西装革履，意气风发，分明就是一位成功人士。后者着装素雅，面容憔悴，更像是邻家大姐。这么看来，这两个人确实不是一路人，不像情侣。

檀子霄把手机放到桌上，对王小萌点头示意，小声说了句："你还好吧？"

王小萌有些意外，用余光扫了一眼韩维维，随口回了一个字："嗯。"

"小萌，这几天，你有点奇怪啊。"

"奇怪？"

韩维维喝了一口咖啡，说："上班不积极，下班积极，是不是有什么事情瞒着我呢？"

"我能有什么事？"

"正因为你平时没什么事，一旦有事，就显得很不一样。"

韩维维无心说出的话，让王小萌心中一惊。她的大脑快速运转，和赵红雷从谈恋爱到有了婚约，原本她不想隐瞒，是赵红雷不想公开。他说想给同事们一个惊喜，等到拍完婚纱照、领了结婚证，预订酒店时再公布都不迟。没想到他们的关系在拍婚纱照之前戛然而止，所以韩维维他们不可能知道她和赵红雷的关系。

想到这里，王小萌松了一口气。

"是不是赵部长和那个林豆豆的关系，让你觉得不爽啊。"韩维维压低声音，神秘一笑。

"维维，说什么呢你。"

"赵部长可是你老乡，人长得又帅，以前我一直以为你们关系不一般呢。刚才，你在他身后，拉着脸，完全不是以前你看他的样子。"

王小萌一时无语，她想不到，韩维维观察得这么仔细，她自己都没有意识到。

檀子霄听到韩维维的话，茅塞顿开。原来是办公室秘密恋情，也难怪王小萌和赵红雷的种种表现了。

"小萌姐拉着脸了吗？我怎么没有发现？作为一名实习生来看，小萌姐好像是少了一点点亲和力。"檀子霄打了一个圆场。

"你刚入职场，太不会看人了。小萌姐可暖了，她可不是你说的那样。"

王小萌低头不语。

"时间过得可真快，我早餐还没吃完，都快十点了。"韩维维嘟嚷着。

韩维维倒是提醒了檀子霄，他看了一眼手表。王小萌也想起了什么，她抽出一个文件夹，递给檀子霄，说："你看看这个方案，我把电子版发给你。对，就是昨天在 Kate 那里说的项目。"

"哦，我先去趟厕所可以吗？马上回来。"檀子霄接过文件夹放到桌上，他本应该现在就去赵红雷的办公室，但这将意味着要在王小萌眼皮子底下行动。赵红雷与他没有隶属关系，他去赵红雷的办公室看起来会很奇怪。他决定迂回一下。事实证明，他是对的。王小萌没有发现她的实习生手下走进她前男友的办公室。

檀子霄进去的时候，赵红雷正在打电话，他很快收了线，从桌后站起身，满脸堆笑地说："檀子霄？"

"是的。"

"想必不用自我介绍，你已经知道我是谁了吧？"赵红雷抬起手臂，随意晃动了一下，像是在台上演讲。

檀子霄很清楚，他是在彰显自己的身份。

"我和小萌的关系……这么说吧，其实我们是想走进婚姻的那种关系。张爱玲早就说过嘛，女人之于男人有两种，一种是红玫瑰，一种是白玫瑰。小萌是后者，半成品。"

"什么？半成品？"

"没有结婚就是半成品。还好是半成品，假如我真娶了她，那么当红玫瑰出现，她会更伤心。我不想让她受到这样的伤害，所以才及时抽身。"

赵红雷的嘴角露出了一抹笑，那笑像是冬日即将结冰的湖面上起的一团白雾，令檀子霄浑身起了一层鸡皮疙瘩。他很好奇，这个男人怎么会把劈腿说得这么有理。

"这么说吧，知道我和她关系的人，咱们公司只有你一个。我觉得，有必要把话再讲清楚一些。"

"讲清楚什么？我们之间有什么可讲的？"檀子霄笑了，他觉得这件事情变得越来越有趣。

"你知道我现在的未婚妻是谁吗？没错，她可以让我的职务发生一些变化。而你，你是一个实习生，听说你的文凭和资历，在同期实习生中不是特别占优势，所以说，转正的机会相对较低。不过，你要知道，我，可以帮你。"赵红雷从桌后走出来，拍了拍胸脯，接着说，"只要你对我和小萌的关系保密。"

十四

"这就是你今天找我来的原因吗？"檀子霄看了看手表，他想尽快进入工作状态，完成小萌交给他的任务。实际上他是为了 Kate，他不想让伯乐失望。

赵红雷看向檀子霄的手腕，那是一块劳力士手表。白色表盘，黑色表带。他不由得吸了一口凉气，他还买不起这么贵的手表呢！檀子霄是什么来头？

赵红雷不动声色，抱起双臂，重新打量檀子霄。

卫衣、牛仔裤，是普通得不能再普通的款式，这样的穿衣品位，怎么可能戴这么名贵的手表？戴如此名贵手表的人，也不可能到他们公司当实习生嘛。这么一想，赵红雷把心放回了肚子：或许那手表只是个仿品。

檀子霄没有察觉到赵红雷的心理变化，起身说道："赵部长，如果没有什么事，我去忙工作了。"

"我刚才说的话，你都明白？"赵红雷有些恼火，因为他没有听到檀子霄对他的"承诺"。

檀子霄笑而不语，依旧没有作出承诺，或者说缺少面对身为部长的赵红雷的卑微，转过身他打开房门走了出去。关上房门的刹那，像是本能，檀子霄看向王小萌的工位，就是这么巧，二人四目相对。檀子霄顾不上王小萌惊诧的表情，回座位坐好。

"什么情况？"王小萌发来信息，她好奇的是，檀子霄作为创意创作部的实习生，怎么会去媒介部部长的办公室？更何况这个部长是她的前男友。

"晚上回家再说。"

王小萌看到了檀子霄的回复。

临近中午，夏正宇发来一张截图，一笔五万元汇款的凭证。檀子霄看到檀招娣的名字，高兴得举起拳头庆贺了一下。

"这是有什么高兴的事了？"

"维维姐，中午你想吃什么，今天的外卖我点。"檀子霄说完，又看向对面，"小萌姐，有没有想吃的东西？"

韩维维拒绝了，她说她答应了沈东龙，去楼下的小馆子吃面条。

王小萌也连连摆手，表示没有兴趣。

檀子霄想给夏正宇发语音，却又碍于环境，于是编辑了一段文字给夏正宇发过去。大意是说，转一万元给夏正宇，一则感谢他前几天的收留，二则让他和淇姑娘去吃顿大餐。

不出他所料，夏正宇拒绝了。檀子霄只好说，见面再说。

檀子霄给大姐发信息表示感谢，不料，檀招娣打来了语音电话。檀子霄拒接，没想到，檀招娣又按了重拨。在韩维维的注视下，檀子霄接了电话。"子霄，听大姐的，花完这五万块钱，你就回家。咱们家不需要你去北京打拼赚钱，不仅是我需要你，爸爸更需要你，只要你回家就好。"

"回家？当檀家的傀儡吗？"檀子霄这才发现，金钱带来的好心情竟然一扫而光，愤怒悄然而至。

在王小萌和韩维维的注视下，檀子霄举着电话向厕所走去，转而又往茶水间的方向走。那边有个小阳台，很多人在那里抽烟，或者打电话。

"瞧你说的，怎么会是傀儡？"檀招娣干笑了一声。

"从小，我想做的事情，你们都不让我做。你们让我做的，都是我不喜欢的。我觉得太可笑了，现如今可是新时代，怎么还会有这样封建、专制的家庭？"

"高考结束，爸爸不是让你学了画画嘛，怎么能说他专制呢？"

檀子霄闭上眼睛，重又睁开。现在看来，大姐说得很对，结果确实也是如此。

他想起那年冬天，为了参加艺考取得好成绩，他不去上学，在家里练习。最后，爱惜他才华的班主任鲁老师亲自登门说情，父亲才勉强同意让他去参加考试。等到来年春天校考的时候，他缺席了，当然，同样是因为父亲。最终，他与理想中的大学失之交臂。

"大姐，你别说了，我冷静一下。"

"爸爸也有他的难处，这几年工厂也不好做，你要体谅爸爸。再说，海棠这姑娘你也了解，她虽然没有很高的文凭，但是从小耳濡目染，在经商方面绝对比你强，你要是和她结婚……"

"够了，大姐……"

"你不要总为美丽的死而自责，她父母都原谅了你，你怎么就走不出来呢，人各有命……"

檀子霄不由分说挂断了大姐的电话。大姐是个好大姐，唯有她这嘴不好，大姐的唠叨劲儿绝对和父亲檀仕达有一拼。

他和海棠从小就认识，还是初中同学。他们很纯洁的关系，在双方父母的介入下，变了味儿。对于这桩门当户对的婚事，檀子霄一万个拒绝。

米娅姐说赵红雷是临阵脱逃的落跑新郎。严格意义上讲，他檀子霄是不是也算一个？

赵红雷是不折不扣的渣男，那么他呢？

檀子霄倚在栏杆上，双手紧紧抓住电话，楼层太高的原因，阳光显得比在楼下看时更强烈一些，他仰面望向那轮火红，又看向地面，眼前一阵眩晕，有跳下去的冲动。如果不计后果就这么跳下去，真的可以一了百了吧！不用为生计发愁，不用因逃婚承担责任，也不会因为不尽孝道而受责备。

可是，那个落地的瞬间得有多疼呀？这疼可以用什么来形容？他不确定自己能承受得住。檀子霄向后退了一步。

他想到了美丽。一切都怪他，要不是他驾驶技术不好，硬逞能，美丽现在一定还活得好好的。

当汽车急转弯，美丽因离心力的作用被甩出车窗，落地的一刹那，一定和从高处落下一样痛吧？救护车过了半个小时才来，美丽是在车上的担架床上停止呼吸的。前后一个小时的时间，美丽经历了多大的痛苦？她没有机会说，他也永远不可能知道她经历的痛有多痛。

如果当时死的是他那该多好。

王小萌从 Kate 的办公室走出，出于习惯，她向赵红雷的办公室看了一眼，不同的是，这次她攥紧了拳头。

Kate 说，公司高层就实习生檀子霄的招录问题专门找她问了话。事后，Kate 问过人事部门，他们也觉得奇怪，从来没有发生过因为一个实习生而引发高层关注的事情。

"只是一个实习生而已。"Kate 的脸上并没有鄙夷的神情，只有疑惑不解，"甚至还问资历够不够？招聘过程透不透明？程序有没有问题？简直太可笑了吧。"

"哪位高层呢？"王小萌忍了又忍，终于问了出来。

"还能有谁？林总刚回国的那个女儿呗。"一丝鄙夷替代了疑惑，Kate 面有愠色，"什么都不懂，竟然还敢指指点点。"

十五

Kate 担任部长一职多年，资历远比赵红雷老，原本去年就该升职高管，可她去年年底因公出国遭遇突发事件，耽误了回国时间，错过了晋升。

今年怎么也该轮到她了，没想到刚够条件的赵红雷攀上林豆豆，成为她的竞争对手。王小萌不禁替 Kate 担心，或许到最后，离开公司的极有可能是经验更丰富的 Kate。

王小萌心想，林豆豆主管人事，人事部门负责招聘，新官上任三把火，她过问一下好像也并没有什么不妥。

王小萌来到茶水间，不由自主又站在咖啡机前，自己差点又对咖啡举手投降。

"咦，你怎么在这里？"檀子霄问。

"接了个电话。"王小萌指指手机，又指指赵红雷办公室的方向，"上午，他找你干什么？"

"什么？你前任吗？"

"嘘……你小点声！"王小萌的脸唰一下晴转阴，她四下看了看，"你这个人怎么口无遮拦，大嗓门，什么都说啊，你知道这是什么地方！"

"不就是公司嘛。"

"就因为是公司，所以人与人之间必须小心相处，尤其喜怒不能挂在脸上，不能让别人看出来。"

"那要怎样？高兴装伤心？伤心却哈哈大笑？这是在干什么？演戏吗？"

"我看你这人缺心眼儿吧？"

"大姐，拜托，我是一个新入职的实习生，哪里有什么职场经验，还得请您多教教我呢。"檀子霄还没有从心事中抽离，少了平时的亲和，有些咄咄逼人。这样的表现倒印证了他不会伪装。檀子霄随便找了个位子坐下。

王小萌瞪着他，泡了杯红茶，走向阳台，关门的时候看到赵红雷走进茶水间，只见他径直走向檀子霄，问道："咱俩聊聊？"

"赵部长，你到底想干什么？"

"我的疑问是，你为什么要来这家公司上班？"

"上班还用问为什么吗？"

"我的意思是，或许，会有薪酬更高、更适合你的公司，你应该多应聘几家。"

"你的意思是让我离职吗？为什么？"

"你知道我为了拥有现在的一切，花了几年的时间吗？"

檀子霄哼了一声，耸耸肩，表示没有兴趣知道。

赵红雷依旧自顾自地说下去。

"可能你知道，我的未婚妻是林副总，我们一见钟情，她需要我，我需要她。可能你也知道，我的前未婚妻是你的房东。如果没有你，王小萌大概率不会拆我的台，我知道她爱我。但是现在不一样了，你是她的房客，没想到又成了她的下属。我不了解你，但是我能感觉到你的存在对我有了威胁。我希望你能离开这里。我知道实习生的工资不高，少得可怜，你想要多少，开个价，我可以满足你。"

檀子霄站起身，说："你这个人，真让我不知道说什么才好。爱情怎么可以是一种交易呢？这未免太玷污这两个字了吧？我真替王小萌付出的三年感到不值。"

"呵！我说呢，你们这发展够快的啊！这才几天，已经知道了属于我们的三年？"赵红雷把一只手放到腰部，另一手托着下巴，失去了刚才的淡定。

"你知道自己都做了什么事吗？还不能让她说？"

"檀子霄，我今天不是来找你吵架的，是诚心找你做交易。你也知道，咱们公司不允许办公室恋情的存在。你离开，于你，于我，于小萌，都好。"

二人的对话一字不落隔着门缝传到王小萌的耳朵里，她像是站在一块浮冰上。冰化了，身体被冰水淹没，除了冷，她没有任何感觉。自己为什么还要对这样的男人再留念想？可真傻呀。她不想再躲藏，决定大大方方去面对。刚要推门，手机铃声响起，是《天空之城》的一段音乐。

赵红雷有些吃惊。刚才情绪过于激动，没想到阳台会有人，他向阳台挪步，说："谁？谁在那里？快出来。"

檀子霄也吓了一跳，他被赵红雷纠缠，不知道王小萌一直在阳台没有离开。虽说赵红雷做得太过分，但是为了王小萌，他也不愿意让更多的人知道他们二人是房东与房客的关系。

来电号码在手机上滚动显示，王小萌接通电话推开阳台的门，说："小娅，嗯，行，你说了算，那我等你们，好，拜拜。"

"是小萌啊，吓死我了，你怎么在那里？"

"我为什么不能在那里？"

赵红雷一脸尴尬地说："那什么，又要和米娅见面？"

"和你有关系吗？"

檀子霄也接到米娅的微信，让他晚上早点回去，他们全家要去小萌家吃晚饭。檀子霄回复，他在会不会不方便？米娅说，有什么不方便的，不就是吃顿饭嘛，人多才会热闹。

王小萌瞪了赵红雷一眼，对檀子霄说："小檀，你在这里干吗？交给你的工作完成了吗？"

"赵部长正找我谈心呢。"

"小萌，你留一下，我有话要和你说。"

"现在是工作时间，赵部长，请您自重，别影响您的升迁。"王小萌声音里透着从未有过的坚定。

下班后，檀子霄去便利店买了些零食。听夏正宇说，米娅的女儿还小，于是又去玩具店买了一个玲娜贝尔毛绒玩具。

檀子霄进家门的时候，幸福摇着尾巴在玄关迎接他。毕国凯在沙发上坐着看新闻联播，米娅从厨房走出来介绍二人认识，然后又回到厨房忙活。

檀、毕二人从夏正宇开始聊起，接着是国内国际形势、海峡两岸动态，最后讲到了财经新闻。其间檀子霄还用玩具取得了米花儿的信任，他们很快熟识起来，红姨连连称赞。

客厅发生的一切都被米娅看在眼里，她一边给王小萌打下手，一边说："还真是个暖男呢，你看看现在的男人，有几个喜欢孩子的？就算嘴巴说喜欢，真正见了孩子，碰都不愿意碰，更别说帮忙带孩子了。"

王小萌说："他本来就还是个孩子，当然能和孩子打成一片。要是对这方面进行测试，那岂不得再等几年才能有比较接近事实的结果？"

"他才比咱们小三岁呀，你别总把自己想得那么老。"

"我可马上奔三了。"

"人啊，早晚都会老去，只不过是时间早晚罢了。哎，小萌，说真的，我觉得这个小檀不错，个子虽然没有赵红雷高，但是皮肤好，相貌英俊，小眼睛特有魅力，自带火花。"

"小娅，你看你，又来了。你老公可也在客厅呢。"王小萌把炒好的菜盛到盘子里，去摆餐桌上的碗筷。

"我这说的可都是事实，不过，我老公也很帅哦。"

王小萌笑着摇摇头，把热好的馒头、酒杯摆好，招呼客厅里的人过来吃饭。

幸福第一个响应，摇头晃脑小跑着冲了过来，王小萌取了狗粮，幸福又掉转过头，冲着阳台处它自己的饭碗跑去。

十六

众人围坐在餐桌前，米娅刚要发言，王小萌的母亲江彩霞打来视频电话。王小萌从手机上抬起头，求救似的望向米娅。

别人的电话可以不接，母亲的电话可不敢不接。记得有一次，王小萌在洗澡，等洗完出来，手机显示有三十多个未接电话、十多条语音信息。在外面应酬的赵红雷，竟然也收到了一条语音，他给王小萌打电话，问："你干吗呢，你妈电话都打我这儿来了。"

王小萌拿起电话走进厨房，接通了视频电话。母亲戴着一副多功能眼镜，从镜片后面望向她，嗔怪这几天怎么连个电话也不打回家。

王小萌说工作忙，没顾上。

江彩霞问婚纱照拍得顺不顺利，其实，留个纪念就行了。她和赵红雷一样的想法，没必要花钱让别人拍出不像自己的照片。

王小萌支支吾吾，推说家里来客人了："如果没事明天再聊。"

江彩霞一怔，问谁来了。

王小萌如实说："米娅一家子都在呢，刚准备要吃饭。"

江彩霞一听到米娅的名字，来了兴致，让王小萌把手机交给米娅。王小萌拗不过她，只好回到餐桌前，将手机递给米娅，于是，餐桌前的人全部入了镜。

"哟，这是米花儿的爸爸吧？"

"妈，你的眼睛太毒了吧，是米花儿的爸爸。"

"闺女像爸爸，说得可一点都没错。哟，小米花儿长高了，这头发卷的，像个外国人，太可爱了。"

"阿姨，您做的肉酱太好吃了。"

"小娅啊，好吃就行，下次小萌回家，我还给你们做。"

"米花儿，看镜头，喊姥姥。"米娅从红姨手中接过女儿，对着镜头，和江彩霞聊了起来。

王小萌松了一口气，拿起筷子，招呼毕国凯，说："国凯，吃呀，咱们先吃。"

檀子霄也拿起筷子，伸向离他最近的一道凉菜，这时只听到江彩霞说："哎，怎么没见到我女婿，红雷呢？"

王小萌脸色煞白，檀子霄也愣了，他撂下筷子，一抹不易察觉的疑虑出现在眼底。

毕国凯刚往嘴巴里塞了一口馒头，此时他看向自己的妻子。

"阿姨，您看，您这馒头蒸得可好了，连我都喜欢吃。您什么时候来北京啊，小萌没时间陪您，我有空，我开车带您游北京城。"米娅喂米花儿吃了一口米汤，转移了话题。

"妈，您这是吃完没事闲唠嗑呢？我们可都饿半天了，难道让我们干看着一桌子菜陪您聊天？我挂了啊。"王小萌把手机要过来，不由分说地摁了挂断键，画面停留在江彩霞愠怒的面孔。

"小萌，你还没和你妈说呢？你和红雷的事……"

"我妈这个人，你又不是不知道，蛮不讲理。"

"我看阿姨挺开明的。"

"她认准的事情可开明着呢，没认准的呢？你忘了我爸的事情了？我记得和你说过。"

"以前听你说的时候没觉得怎么样，现在有了自己的家庭，确实觉得你妈妈做得对，换成是我，我也会像她那样。"

"她太要强了，在感情的事上她有洁癖。"

"你们这是说什么呢？"毕国凯不解，檀子霄似懂非懂，但是没有说话。

"小萌的爸爸出轨，阿姨知道后，立马提出离婚。"

"当时，还不能算是身体出轨，只不过是精神上的，噢，是他年少爱慕的对象。那个女人死了丈夫，过得不好，我爸和她偶遇后，总去她家帮忙。后来，被我妈一个同事看到了，再后来，流言蜚语就传到我妈的耳朵里。"

"那你妈对你爸是真爱啊。"

"是不是真爱我不知道，我就知道他们是经人介绍才结的婚。"

"父母的爱情不都是这样？就算自由恋爱了，也没几对成功的。就算成功了，携手一辈子的少之又少。"

"所以我就说嘛，他们的爱情虽然是柴米油盐，却是最没有功利心，是最纯粹的爱。"

于是，这顿饭就围绕着爱与不爱、值与不值讨论了下去。

檀子霄也不是不说话，偶尔说，只是应付一下：什么这个菜很好吃，第一次吃，等等。他吃得最快，放下筷子便去替换红姨看护米花儿。幸福也吃完了自己的饭，卧在沙发前，仿佛这样可以防止坐在沙发上玩的米花儿掉下来。

爱情究竟是什么？对于不同的人，代表的含义也不相同。

纯洁无暇，不被世俗浸染的爱谁都想拥有，然而，想象和现实永远有距离，可能是一小步，也可能是一条至死都逾越不过的鸿沟。

檀子霄对自己的冷静也吓了一跳：小小年纪，怎么能有中年人的思维。

"小萌，你说得不对，现在怎么就不能有纯洁的爱了？"

"理论上，爱是纯洁的，但是，就怕男女双方动机不纯。"王小萌又喝上了酒，几杯酒下肚，话开始多起来，"有贪慕对方家世的，有希冀仕途的……假如没有利益，那还有惦着对方身体的，容貌、体力……总之得占一样吧，否则怎么叫能看对眼呢。"

"你说得好像也有道理。"

"生物学上来讲，爱情是激素惹的祸。"毕国凯说。

"哎，还是国凯会说。所以说，就算你认为那是爱情，那也不会是天荒地老，保质期顶多一年有余罢了。"王小萌喝完杯中酒，让米娅再倒一杯。

"我不认同。"米娅说，"人都说婚姻需要经营，爱情同样需要。如果你经营好了，爱情是可以保鲜的。就连鲜花，勤换水，适当增加些营养，保鲜个十天八天也不成问题。"

"再保鲜，这还不是有期限的嘛！"

"要这么说，人的生命还有期限呢。所以说呢，不能过于较真和焦虑，只要是有生之年，爱情一年一年常在，那就够了。"

"小娅，真想不到，你对爱情还有这种理论。"毕国凯去抓米娅的手。

"当然，老公，平时我对你是严厉一些，可都是因为我爱你……"

"你们……吃完没有？这是特意组队来刺激我的吗？"

檀子霄虽然人在客厅，但是耳朵一直在听着来自餐桌的声音。他听到王小萌的舌头开始"打结"，便回到餐桌旁，把剩下的红酒倒在酒杯中拿到自己手里。

"这瓶里剩下的酒，我陪姐夫喝了。"

"对对，小萌你少喝一点。"

"爱情？这世界上才没有爱情呢！全都是骗人的。"王小萌的声音里透着一股子哭腔。

十七

果不出檀子霄所料，米娅一家人离开后，王小萌又撒起了酒疯。她非要再开一瓶酒，说是不醉不休。

檀子霄说："你现在已经醉了，可以直接上床睡觉了。"

王小萌大笑不止，趴到餐桌上不起来，接着发出了呜咽声。

檀子霄想扶王小萌回房休息，她结巴着，说不让他碰，自己会走。檀子霄无奈，去厨房烧热水，设置好保温的温度。接着他去拿牵引绳和一次性塑料袋，带幸福下楼。幸福像是明白什么似的，下了楼左嗅右嗅，没有像往常一样向远处跑，方便完就要回家，檀子霄跟在它后面打理。餐厅里已经没有了王小萌的身影，檀子霄洗漱后回房间加班赶工——画白天工作方案中的插图。

原方案中的一部分王小萌使用了照片，檀子霄加入自己的想法，以照片为原型，改成漫画，整体设计相比原来更加灵动活泼。

以前，檀子霄一旦拿起画笔就会特别专注，像是两只耳朵自动塞了两团棉花球，外界所有的声音都被蓬松的棉花阻挡住，父亲的专制，来自家庭的压力，一概与他无关。他在自己的世界里自由游走，没有束缚。他深陷其中，享受这份美好。自从美丽死后，一切都变了。

子霄变了。亲朋好友一致认定这一点。

卫生间门响了，传来王小萌"呕……咳咳咳"的呕吐声。

檀子霄靠在床头抱着平板电脑，盯着房门。他把平板电脑放到床上，犹豫要不要出去帮她倒杯水。这么想着，他下床走到门后，又觉得不妥，于是重新回到床上拿起画笔，却再也画不下去了。他索性关掉电脑，躺平睡觉。

房门外渐渐安静下来。窗外，路灯照着一棵玉兰树，在窗帘上映出树的枝干。

发生那场事故之前，檀子霄有晨跑的习惯，后来，腿断了，打上钢板重新接好，医生嘱咐，不可剧烈运动。他对医生说，胳膊没事，可以锻炼上肢吧。所以，晨跑改成了单双杠，当然也只是简单地做拉伸，涉及腿部的动作他一概舍弃。

天刚蒙蒙亮，檀子霄就从梦中醒来，竖着耳朵听了听，外面很安静。他蹑手蹑脚起床，看见对面王小萌的房门紧闭着。他担心昨晚王小萌睡眠不够，没睡够被别人叫醒是件非常令人讨厌的事。檀子霄就讨厌这样的人，所以他不想成为这样的人。于是他走到门前，放下将要敲门的手。他蹑手蹑脚洗漱，和幸福道别后出了门，呼叫网约车去往公司。

有了大姐支援的钱，他再不用节衣缩食，生活有了一定的质量。

檀子霄没有想到，十点多了，王小萌还没有来上班。

什么情况？是请假了，还是睡过头了？

檀子霄有点担心，想发微信确认，还没打完字，只听韩维维接到 Kate 打来的电话，后者要找王小萌。他这才知道王小萌没有请假。怎么回事？身体不舒服了吗？他原本就悬着的一颗心揪得更紧了。

檀子霄重新拿起手机，此时王小萌从电梯方向走过来。她的头发有些油，打着绺，散在肩头，眼圈发黑，可以看到两个浅浅的眼袋。

最不能忍受的是，她竟然还穿着昨天那身衣服，一条灰湖绿色麻质长裙，背部和袖子满是褶皱。

"小萌，大魔王刚才找你。"因为 Kate 这个名字和著名影星凯特·布兰切特相同，所以被她们私下戏称为"大魔王"。

檀子霄并不知道这个典故。

"那个，王……组长，刚才 Kate 着急要那份企划案，我给她发过去了。"檀子霄说道。

王小萌没有理檀子霄，也没有看韩维维，垂着眼睛，放下包，前往 Kate 的办公室。

"您找我？"

"小檀已经发给我了，我正在看。小萌，你看看，这插图的色彩，太舒服了，真的是一种享受。"

Kate 以为文稿已经过了王小萌的审核，所以她大加赞赏的不仅仅是檀子霄，而且是他们这个小团队，接着又一如既往地鼓励王小萌好好干，一定大有前途。

王小萌回到工位，再看向檀子霄，仿佛今天的他无论在形象，还是能力上，都得到了某种加持，一抹微笑竟然不自觉地浮现在她的嘴角。

"小萌，你这几天是怎么回事啊，脸色太难看了。都迟到好几次了，你是不是生病了？实在不行，请假休息几天，什么都不如身体要紧。"

韩维维的话，让王小萌收回了看向檀子霄的目光。王小萌像是做了亏心事似的，感觉脸颊有点发烫，语速加快地说："没关系，调整一下就好了。"她拿起桌上的手机，给檀子霄发微信："早晨上班看我还没起床，怎么也不叫我一声，害我又迟到。"

檀子霄紧盯这行文字，感觉得到这是来自对面真人王小萌和手机屏幕里虚拟王小萌的双重不满，好像她迟到的责任全在他。

荒谬！檀子霄有点把持不住，他写道："大姐，你为啥迟到自己心里还不清楚？为一个渣男喝酒伤身体，简直比猪还要蠢。"

檀子霄点击了"发送"，发觉语气过于硬，不太妥当，就紧接着发了一个可爱猪的表情包。

王小萌一下气炸了，眼睛瞪得圆圆的，输入文字："你说谁是猪，你才是猪好不好，吃东西闭不上嘴，'吧唧'个不停。"

不等檀子霄回复，她忽然站起身，看向檀子霄。正在这时，隔壁的韩维维对着电脑屏幕说："小檀，你去帮我接杯水好不好。"

王小萌打了个哆嗦，又坐下。韩维维浓厚的鼻音，哆得她全身起了层鸡皮疙瘩。

檀子霄用眼睛的余光感受到来自王小萌的不满，暗自庆幸还好有韩维维救场。他头也没敢抬，溜之大吉，边走边说："遵命，前辈，晚辈这就去给您倒水。"

"维维，我看你不太对劲儿啊。"王小萌转向韩维维说。

"小萌姐，咋不对劲儿啊。"韩维维的声音又恢复了正常，"我看你才不对劲儿呢。自从你休完年假从老家回来，精神一天不如一天。究竟发生了什么？讲出来我听听，没准儿我能帮你解惑。"

王小萌看着韩维维嬉皮笑脸的样子，竟然打心眼儿里生出一种厌恶。王小萌面前的这个女孩子和沈东龙一样喜欢"吃瓜"，自己的心事怎么能对她说？对她说了，意味着就像在公司年会上做报告一样尽人皆知！心里不爽，万不可露在脸上。这是她和初入职场的实习生檀子霄说过的话，作为有经验的职场人怎么就忘了呢？

"我怎么不对劲儿，要说解惑，也是你说惑，我帮你解，谁让我比你大呢？怎么，又看上刚来的实习生了？"王小萌挤出一个笑脸。

韩维维斜了王小萌一眼，笑着说："小萌姐真会开玩笑，这哪儿跟哪儿啊！哎，你不觉得这小檀长得很像张若昀吗？"

"你啊，倒底是喜欢流量明星呢，还是找男朋友呢？"

"当然是终身大事要紧呀。对了，小萌姐，你休年假之前说回来上班有大事宣布，到底是什么事啊？"

十八

韩维维的无心之言，戳中了王小萌的痛处。

是啊，当初和赵红雷说好的，回趟老家，回来拍婚纱照，领结婚证，向同事公布婚讯。一切都水到渠成，所以才在临休假前的部门聚餐时，忍不住和韩维维提了一嘴。这些天，她竟忘了这句承诺，没想到韩维维记得这么清楚。

"是吗？我说过吗？怎么不记得了。"王小萌假装迷糊。

"当然说过了，那天晚上，咱们部门出去聚餐，你喝多了，我想送你回家你没让送，临上车你和我说的。当时你一直笑，止不住地笑。我猜一定是喜事。"

"哦，我想起来了，好像是说过。"王小萌拍着脑门儿，暗暗骂自己：又是因为喝酒，自己真是狗改不了吃屎。

韩维维是一个心眼儿极多的女孩子，完全否认的话，逃不过她的眼睛；只有承认，她才可以有机会金蝉脱壳。

"究竟是什么喜事？快说说看，是不是找到男朋友了？"

王小萌脊背发凉："这……你可是猜错了。其实……其实，我想说的是，我买房了，贷款。"

"啊，这个啊。"韩维维有些失望，虽然不是她心中最想要的答案，但是买房也是个大新闻。在什么地方买的，多大，多少钱，每月还款多少，是新房还是二手房……这些信息足以拼凑出王小萌的经济现状，或者说，家庭财政状况。

王小萌为了隐瞒一个事实，而迫不得已去共享买房的信息。接下来，她不想再透露更多的隐私，只支支吾吾地说，就是一套二手房，交了百分之三十的首付，剩下的全是贷款。

韩维维眼睛滴溜溜转了几圈，暗暗算着一笔账。这时，檀子霄把水杯放到桌上，这才转移了她的注意力。接着她开始好奇：这位长着明星脸的男孩住在哪里，不是说南方人都是有钱人吗，他的家庭状况也应该很不错吧？

"哎，小檀，你住哪儿啊？"

檀子霄没有听到她俩的谈话，他完全不知道韩维维的意图，如实说出了刚记住的小区名字，最后又补充一句，是租的。

韩维维跳了起来，用手指着王小萌和檀子霄，说："哎、哎，你们两个？"

"什么？"檀子霄一脸蒙。

王小萌已经捂住耳朵，不知道该怎么再去解释。

"你和小萌姐竟然住在一个小区！"

"啊？"檀子霄脱口而出，微张着嘴巴，看了看王小萌。心里暗想：不是说不要把公司的同事当朋友吗？个人的私事就是隐私，既然是隐私，韩维维怎么会知道王小萌住在哪里？

王小萌有些蒙，只能假装大吃一惊的样子，说："是吗，那可太巧了。小檀，你租的房是哪一栋？在小区的什么方向？东边？哦，那咱们离得不近呢，那可是个大社区。"

"就算一东一西，那你们也是在一个小区，这也太有缘分了。我看，你们以后可以结伴上下班，如果拼车那可就太合适了。"

韩维维真不嫌事大，竟然替他们规划起了今后的生活。

王小萌则不想再围绕这些说下去，脸色变得越来越难看。

檀子霄突然发现，自己开始可怜起这个女人了。她一定对那个渣男倾尽了所有的感情，以为他是她一辈子的归宿。没想到，他对她关上了门。路堵死了，还要回头另寻出路，确实很艰难。原来，被男人甩了的女人会是这样的状况。

檀子霄的脑海里出现了苏海棠的脸。

苏海棠和檀子霄是初中同学。后来檀子霄考上了重点高中，苏海棠在她父亲的安排下，在景德镇念了一所3+2学制的技术学院。

二人只当了三年同学，白天在一起的时间比跟父母家人在一起的时间还要多，可是檀子霄却怎么也记不清和海棠有什么交集。他们两个人，一个坐前排，一个在倒数第二排；一个上课除了睡觉就是打瞌睡，一个成绩优秀。他们像是两条平行线，线再长，也没有相交的可能。这是檀子霄反感父亲时说的话。

檀子霄做梦都想不到，在临近过年的那几天，父亲把他叫到书房，说正给他筹备婚事，结婚对象是合作伙伴的女儿，这女孩他见过，身体强壮，肯吃苦，最重要的是非常有经商头脑。

檀子霄吃惊得张开的嘴巴半天都没有合上，他问："爸，现在是什么社会？怎么还有包办婚姻？"

檀仕达面对儿子的反应很惊诧。他先是叹了口气，然后说："其实我也不想这样，只因为经济不景气。什么叫包办婚姻？你和那姑娘认识，她是你的初中同学，姓苏，叫海棠。"

于是，苏海棠就这样重新回到檀子霄的生活中。

景德镇的冬天又湿又冷，那里没有暖气，檀子霄受过伤的右腿撕裂般疼痛。这后遗症和另一个女人有关，她是他一辈子都抹不去的记忆。

"没有爱情的婚姻，还是婚姻吗？"檀子霄问。

檀仕达回答道："婚姻是一纸契约，可以让家族兴旺，可以强强联手，让产业做大。爱情是什么？什么都不是。"

檀子霄说不过父亲，去找大姐。大姐左右为难，她阻止不了父亲，只能站在父亲的立场说服弟弟。

檀子霄恨透了苏海棠，也恨透了自己，自己为什么会成为父辈的棋子？他想不明白，所以这才有了他的北上。

看到王小萌现在的样子，檀子霄第一次站在苏海棠的立场上考虑问题，突然觉得他那个"老同学"很可怜。爱情虽说是两个人的事，但是暗恋一个人无需给对方打招呼，或者征求对方同意，单方面就可以做到。上初中时的苏海棠就是这样吧，将爱恋藏于心底，他又有什么权利去剥夺她爱的权利？他更不能因为不爱她而对她心怀憎恨。这是对爱的亵渎。

然而，和谁走进婚姻的殿堂必须由自己说了算，这是底线，绝对不能妥协。

"自己的事情，自己想办法去解决，而不是逃避。"檀子霄又想起大姐对他说的话。

十九

下班时间到了，檀子霄叫好的网约车已经在写字楼前的便道上等他。他打开车门，回头找王小萌，发现她无视他的目光，和韩维维结伴，径直走向地铁站。

檀子霄在小区门口下车，去超市买食材，准备做一道樱桃肉。

其实，他的厨艺很一般，之前只是看大姐烧过这道菜，后来过年的时候，在大姐家照猫画虎做过一两次，因为自己喜欢吃，感觉大概差不多也吃不出好坏。只记得外甥女阿桃吃了一口，直撇嘴，大声叫着："舅舅烧的菜酸死人啦！"

不太记得做菜的步骤，檀子霄打开手机，搜索到一个看似简单的做法。他加足番茄酱，一盘红彤彤、酥香味美的樱桃肉出了锅。

王小萌比预计的时间晚二十分钟走进家门，要不是看到在玄关迎接她的幸福，那扑鼻而来的饭菜香味儿会让她以为自己走错了楼层，进错了家门。

这个家已经多久没有生活气息了？王小萌边换鞋，边陷入回忆之中。

刚和赵红雷同居的日子，他们和其他热恋中的情侣一样，天天腻在一起。外面的饭菜不想吃了，王小萌就在出租屋里做饭。偶尔赵红雷也会做一做，不过，大部分会是一些黑暗料理，需要王小萌再回锅，或者彻底丢进垃圾桶。

"你回来啦，我今天做了樱桃肉，洗洗手，一起吃吧。"

檀子霄系着王小萌的围裙，举着湿漉漉的双手走出厨房，用袖子蹭了一下额头，说："不好意思，用了你的围裙。"

餐厅的灯没有开，厨房的灯光打在檀子霄的背部，让他原本白皙的脸庞有了暗影，多了几分成熟的味道。

王小萌瞬间有些感动，竟不知说什么好，沉吟片刻后她说："哦，你还会做饭呀！真是没看出来。"

"倒也没有，一会儿只求你吃到嘴里别吐出来就行。我再拌个凉菜，马上盛饭。"

王小萌来到餐桌前，这就是樱桃肉吗？像是没有菠萝的咕咾肉。她把手机放到桌上，走进卫生间洗手。

檀子霄摆好碗筷，看到王小萌的手机在震动，屏幕显示是一个叫赵红霞的人来电。

"赵红霞……赵红雷？"檀子霄很快将这两个人关联在一起。

王小萌擦着手，看到来电显示，本能地向檀子霄看了一眼，犹豫要不要接这个原大姑姐的电话。

"不接吗？"

"嗯……喂……"

"小萌？哎呀，你可算接电话了？红雷呢？"

"他……没和我在一起。"

"没在一起？现在不是下班了吗？他还没有回家吗？我给他打电话，打了好几遍，都是不在服务区，发微信也不回。"

"嗯？是不是手机没信号，或是有什么事……"

"那手机也该通呀，急死我了，咱妈住院了。"

"住院了？什么病？要紧吗？"

"下午从屋里出来去厢房，就在咱们正房门前的台阶，也不高，哪知道她突然一阵头晕，赶寸劲儿崴了脚。她以为押了筋，揉了揉，后来肿得厉害，才给我打电话。我赶紧骑电动车带她去县医院，拍了片子，医生说是骨裂。她觉得自己总头晕，医生建议住院做一下全身检查。"

"办好住院手续了吗？"

"让交住院费，可是我手机上也没有那么多钱啊。"

"大姐，这几天红雷都没有和家里联系吗？没和你打过电话？"

"没有啊。你还不知道他这个人？没啥事才不主动给我打电话呢。"

王小萌把手机从左耳换到右耳，在房间里踱步。没想到赵红雷和她一样，没把他们已经分手的消息告诉家人。她不说是觉得丢人。对于赵红雷来说，很明显，林豆豆条件比她好很多，以他的性格，早就应该和家里显摆才对。然而，他却没有说，难道他对自己还有什么想法吗？

赵红霞在不知情的情况下把求救电话打到她这里，她该怎么办？告诉她真相：自己已经和她弟弟分手了，他们家的事情从此和自己无关？

不行，她说不出口。

"大姐，别着急，我这就和红雷联系，让他给你回电话。"王小萌挂断电话，从手机的收藏夹里调出第一个号码拨了出去。果真如赵红霞所说，手机里传来一个女人的声音："您拨打的电话不在服务区。"试了几次，王小萌还是打不通，又打微信语音电话，也是无人接听。

"要不，咱先坐下来吃饭？"檀子霄把椅子挪开，想让王小萌落座。王小萌好像没有听到檀子霄的声音，盯着他，像是征求他的意见，又像只是茫然地注视着他。

"大姐，你现在缺多少钱？给你转五千块钱够吗？"

"不知道要住几天呢，也行，先转五千看看再说。"赵红霞没有客气，收了王小萌的转账钱。

王小萌把手机放到桌上，檀子霄一脸不解地问："你不是已经和他分手了吗？他妈病了……你也管？"

"他们急着用钱……"

"急着用钱？这点住院费，女儿交不了吗？再说，找不到儿子，向别人借啊。"

"他们肯定不知道我和赵红雷已经分手了。"

"那你为什么不告诉他们你们已经分手了？"

"…………"

"你这么做，难道是在等赵红雷回头吗？"

"檀子霄，你管得太宽了吧！"

"不是我管得宽，我是不想让你再受到渣男的伤害。"

"虽然他姐姐很刻薄，但是，他妈妈对我挺好的，我把钱给出去，就没想着要回来。"王小萌坐到餐桌前，拿起筷子，不敢再看檀子霄的眼睛，"你还让不让我吃饭了？"

檀子霄的嘴巴动了动，他想说："你真是个傻女人，天底下就找不出第二个。"

很明显，王小萌的情绪受到了影响，默默吃完就回了房间。席间，她甚至没对"樱桃肉"好不好吃发表意见。她继续拨了几次赵红雷的电话，依旧是"不在服务区"。

"小萌，雷子找你做媳妇儿，可真是他的福气，更是我们家的福分啊。"赵红雷母亲的话仿佛还在耳边回响。

老太太是个好女人，丈夫去世后，她独自把两个孩子养大，又供养儿子上大学、读研究生。

王小萌陷在回忆里不能自拔，最初她和赵红雷三观一致，兴趣爱好相同，读书、逛博物馆，一起看艺术展、看电影、看话剧；同居后，两个人在一起的时间比以前多了，然而，好像也是从那时候起，他们不再在一条路上携手同行，而是在岔路口分开，各自走了不同的路。

王小萌自认为还是以前的自己，书一直在读，电影、各种展览偶尔她还在看。

赵红雷呢，则以未来更加光明为目标，把更多的时间投入到工作之中，加班到深夜，和同部门的人一起聚餐、开派对。他宁愿和只见过一次面的合作伙伴去喝咖啡闲聊，也不再陪王小萌一起去看她想看的话剧。

面对王小萌的质问，赵红雷说，为了让她以后过更好的生活，他必须在职场上打拼。

假如没有林豆豆，我们还能和从前一样吗？王小萌看着手机里还没有删除的赵红雷的照片，幽幽地问。

二十

凌晨五点，赵红雷打来电话，王小萌没有接。接着他发微信，说晚上有事，手机刚好没电关机了。多亏她给大姐转钱，母亲已经住院了。明天上班后，他希望在楼下咖啡厅和王小萌见个面。

王小萌把手机放在左手边，手机屏幕发出诡异的光芒，片刻过后，房间重新陷入黑暗。白纱帘外，凌晨的鱼肚白正在扩大，她平躺在床上，盯着那片白愣神儿。不知过了多久，卫生间传来水流的声音，王小萌翻了个身。

隔着房门，檀子霄说："我叫了网约车，要不要一起去上班。"

王小萌说，她要坐地铁。

一夜没睡好，王小萌头昏脑涨，双耳像是飞进一群知了。在快餐店吃了早餐，她跟着人流坐地铁，结果坐过了站，又下车重新换乘。

王小萌来到写字楼楼下，看见檀子霄正从网约车上下来。

"今天路上有些堵。"

"早晚高峰的时候，还是地铁快一些。"

檀子霄听王小萌说完，动了动嘴唇，最终没有说话，只是跟在她身后不远处，一前一后乘电梯来到十八楼的办公室。

韩维维从座位上跳起来，左眉挑高，原本不大的眼睛显得更像两颗绿豆。她抿嘴一笑，说："你们一定是结伴同行的吧。"

"我坐地铁来的。"

"路上堵车了，我差点迟到。"

王小萌和檀子霄各自解释着，场面有些尴尬。明明没有做错什么，可他们仿佛有种对不起韩维维的错觉。

韩维维没有揪着不放，只是眯起眼睛对王小萌说："有个八卦，你听不听？"

"这刚上班，就有八卦？"王小萌本不想听，却又不想打击韩维维传播八卦的积极性，所以用不置可否的语气回答。

"虽然不是早晨发生的，但是时效性也很强。"韩维维手里拿着几份文件，"等我先去复印，回来再和你说。"

檀子霄目送韩维维扭动着屁股远去，小声说道："哪里有那么多的八卦？天天传播别人的私事，这样好吗？没准儿哪一天被别人嚼舌根。"

"我很好奇，Kate 怎么会选择毫无职场经验的你来公司。"

"能力和在职场工作时间长短不能混为一谈。"

"说好听一点，职场就像是个浓缩的小社会；往难听里说，就是一大染缸。职场里什么人都有，什么人都有可能遇到，做到不被干扰和污染，太难了。"

"我是不敢相信，你们在这样的环境里，竟然瞒了三年，怎么做到的？"

"檀子霄，你又来！"

"我也好奇啊，你们是怎么躲过韩维维的毒眼的。"

王小萌瞪大眼睛，想让檀子霄立刻闭嘴。因为她看到不远处韩维维抱着复印好的材料走了过来。

韩维维的脚步轻快，眼睛像一只可以旋转三百六十度的摄像头，又像是嗅着食物味道的野兽，任何风吹草动都逃不过她的双眼和双耳。她径直来到王小萌身边，斜着身子说："那个林副总……"

"什么？"

檀子霄竟也不自觉地伸长脖子，竖起耳朵。

"昨晚媒介部和人力资源部聚餐，赵部长喝多了，东龙陪他到最后。后来，二人又去喝了第二轮，赵部长哭了。"

"他哭了？为什么？"

"说林豆豆出轨了。"

"什么？他们不是刚订婚没多久吗？"

"是呀，按照咱们的理论，他们正处于甜蜜期才对。"

王小萌感觉檀子霄的眼睛正盯着自己，像是说，太爽了，渣男终于有了报应。幸亏韩维维背对他，看不到他的目光和表情。

"看来他们的感情……"

"什么感情不感情的，赵部长就是想利用林豆豆提升职务嘛。"

"你怎么知道的？"

"东龙说的呀，哦，不对，他自己对东龙说的。"

王小萌浑身发冷。她不知道该高兴，还是该替赵红雷担心，又或者该为自己担心，比如，他极有可能在酒后把他们之间的事情爆出来。

"然后呢？"

"后来，听说赵部长的大姐给他打来电话，说母亲骨折住院联系不到他。挂断电话，他说是前女友给转的钱。说到这里，他抱着东龙痛哭，说自己不是人。"

王小萌感觉血压在上升，不自觉捂住后脑勺。

"前女友？没有听说赵部长之前谈过恋爱啊，小萌，你是他老乡，没听他说过吗？"

"唔……这种事情，他怎么可能和我说呢？"

"他前女友挺惨的，赵部长竟然为攀高枝，一脚把她踹了。换成是我，我才不干呢。噢，还有，被踹了，竟然还去支付前婆婆的住院费。这女的，脑袋被驴踢了吧？"

韩维维自顾自地说着，完全没有察觉到王小萌的头越来越低，就连檀子霄也看不到她的面容了。

"要我说，这前女友心地善良，有同情心。"檀子霄说道。

"嗯，这样说也对。不管怎么说吧，这个 Leo 有点过分，完全刷新我对他的认知。"

"维维，你复印的材料是给谁的？"王小萌的心脏剧烈跳动着，韩维维的一席话让她呼吸不畅，再听她说下去，难保情绪不会崩溃。

"哎呀，Kate 要的，你不说，我都忘了，她还等着呢。"

话音未落，韩维维抱着材料离开，王小萌的心情再也不能平静，她站起身在通道上徘徊。檀子霄张口想说些什么，她已走向茶水间的阳台，吹吹风总能让脑子清醒清醒。

赵红雷发来信息，说已经在咖啡厅等她。理智上来讲，她不能去。可她看着"不见不散"四个字，情感却又占了上风。

赵红雷约的咖啡厅位于写字楼的一楼拐角处，王小萌在那个不起眼的角落里找到了赵红雷。

他说，他现在和林豆豆的关系还不太稳定，不方便回老家看望母亲，只是崴脚造成的骨裂，养一阵子就好。他就算回去，也起不了什么作用，反正家里有大姐呢。

赵红雷说这些话的时候，虽然表情有些悲伤，但是跷着的二郎腿不断抖动，这让王小萌非常不适。她把目光转向前台，两位服务员一个收银，一个在后厨忙活。

"不是月底才交贷款吗？过几天和这次的钱一起转给你。"

"贷款不用你还。"

"你一个人会有压力。"

王小萌没有接话，喝了一口水。

"豆豆的花销很大，她喜欢奢侈品，我刚送给她一个包包。"

"你叫我来还有别的事吗？"王小萌站起身，情绪有些激动，以为他要还钱，钱没还，却要听他分享和现任的日常，凭什么？

"就是想和你聊聊天。"

"真可笑，你不回去和你未婚妻聊，找我这个前任说什么，有意思吗？"

"我没想到她个人生活会这么不拘小节。"

"什么？"

"当着我的面，公然和别的男人搂搂抱抱，还磕……"赵红雷喝了一口咖啡，接着说，"我提出不满，她却说我无理取闹，是个土老帽儿，没见过世面。昨晚部门聚完餐，我回她的公寓，没想到她把密码改了。给她打电话也不接，无奈，我只好回办公室凑合了一晚。"

王小萌看向这个曾经深爱过的男人，头发凌乱，胡子没刮，白色衬衣领子微张，眼神涣散，不禁一阵悸动，昔日那个意气风发的他到哪里去了呢？

二十一

"小姑，还有一个小时，我就到北京了，今晚我想去你家里住。"

王小萌接到侄子王星星的电话，匆忙赶往北京西站。

王星星是王小萌哥哥王小虎的儿子，大专毕业后在一家快餐店打工，觉得辛苦，又想自主创业，来北京报了一个咖啡师的培训班。

王小萌休假回老家时，全家就"开咖啡厅是否可行"开过家庭会议。王小萌认为当下大环境不好，自主创业风险太大，不如先打工，积累经验。

王星星不这么认为，说正因为形势不好，都撑不下去，租金才便宜，这可是创业的好时机。王小虎觉得儿子分析得有道理，租金可是最大的开销。王小萌的嫂子没有自己的主意，丈夫说什么，她觉得都是对的。母亲江彩霞的意见更倾向于王小萌这一边。结果，王星星急眼了："你们就是不肯给我出钱是不是？给别人打工，连女朋友都找不到。"

江彩霞给王小萌使眼色，原来，王星星上学时谈了一个女朋友，毕业后去见未来的丈母娘。老丈人嫌弃他没有正式工作，不想让女儿今后吃苦受罪。女孩大概是听了父母的话，与王星星的关系逐渐冷淡，最终彻底分手了。

那天的家庭会议不欢而散，王小萌临回北京前，江彩霞说她的退休金有一部分，要是小萌两口子能拿点，星星肯定会更高兴。

出租车行驶在马路上，商铺和行人缓缓向后倒退，像是电影里的慢镜头。初夏的阳光有些晒，大多数人都已经换上轻盈的夏装。

王小萌知道侄子到来，不是只住一晚上那么简单。她这个小姑，在他的眼里，还是一个赞助商。

出租车在广场附近停下，她走向出站口，一眼看到戴着红色口罩的王星星和他那头灰白色的头发。他半坐在行李箱上，点手机屏幕的食指戴着一枚银制的蛇形戒指。

"星星！小姑来晚了，你怎么不早点说，我好提前来车站接你。"

"我也是临时买的车票，要不是奶奶非要跟我胡搅蛮缠，我有可能给你早点发微信。"

"奶奶和你胡搅蛮缠什么？"

"她非要和我一起来北京。"

"啥？她要来北京？"

"她比我收拾行李都快，后来她让我说了一顿，才特别不情愿地作罢。"

"吓死我了。"王小萌拍着胸脯。

"她还说想给你一个惊喜呢。"

"这可不是惊喜。"

"什么？"王星星不解地问。

"这是惊吓！不……不，也不是啦，主要是她来了没地方住……"说到这里，王小萌自动闭上了嘴巴。

"我也是这么说她的，我说：'姑姑家就两间卧室，姑姑、姑父一间，另一间太小，只是个单人床。您要去了，我还要睡沙发。'奶奶一听，心疼我，于是主动放下了行李。小姑，你说我的口才怎么样？"王星星拉着行李箱，自顾自地说道。

"星星，你……你说得很对。"王小萌这才想起来王星星那弃家而去的"姑父"和与她同居的檀子霄，这是个问题。她的脑子像是一台大马力的跑车高速向前开，可是到哪个路口下、怎么下，却成了难题。

她知道母亲的为人，她原本是个极其识大体、体贴的女人，大概是更年期出了问题，老了老了却像是换了个人，脾气一点就爆，她前几天正在为"女儿马上要结婚了，没有彩礼不说，亲家母还没有上门"而唠叨呢。

王小萌可以想象得到，和赵红雷分手的事，无论如何不能在电话里说。她原本计划抽出某个周末回趟老家，和母亲好好解释一番，谁料到侄子突然到来，她一时不知道怎么调整计划，她的第一个反应是隐瞒。一个孩子，不会当好传声筒的，他有可能把事情搞得更糟。

除了以上考虑，王小萌想隐瞒还有一个小心思……最后她决定先搪塞过去。

她趁着坐车的工夫，迅速给檀子霄发了条微信："我侄子来了，一会儿你配合一下。"

檀子霄接到这条微信时，刚来到小区门口，他问："配合？怎么配合？"

"见机行事吧。"

檀子霄摇摇头，他不明白这个女人的所思所想，一段感情既然结束了，为什么还要瞒着家人？要知道，看似不起眼的一个小谎需要更多的谎言去圆才行。就像滚雪球，谎言会越滚越大，最终爆发的破坏力，是小谎的许多许多倍。

"菠菜，春天的菠菜，最后一茬的菠菜，今天不买，今年就吃不着的最好吃的菠菜……"一个中年人站在三轮车旁，对来往的行人吆喝着。

"那先以饭菜来配合吧。"檀子霄自言自语，他打开手机里的菜谱，走向菠菜摊。

王小萌和王星星走进家门的时候，听到厨房发出爆炒的声音，油烟蔓延到了餐厅，接着，他们听到油烟机被打开。

"是姑父在做饭吧？小姑你真幸福，我爸在家可不做饭，他就等着吃现成的。"虽然幸福没有见过王星星几次，它愣了几秒后，还是向王星星摇起了尾巴，因为王星星拿出了姥姥买的狗粮。

"唔，嗯，不是你姑父。"

"那是谁？"

"回来啦？"檀子霄从厨房里走出来，"星星？你是星星？"

"什么味儿，煳了！"

"哦，哦！"檀子霄又跑回厨房。

"小姑，他是？"王星星瞪大眼睛。

"嗯，小姑的同事，檀叔叔。"

"他怎么会在咱们家？"

"嗯，啊，他……他得罪了爸妈，被赶出来了，没地方去，我看他挺可怜的，就让他借住几天。也算是关爱下属吧。"

"那姑父呢？"

"他……他刚好外出开会去了，不在家。"

王星星松了一口气，嘴角闪过一丝不易察觉的笑。他一直不太喜欢那个姑父，幸好他出门开会去了。

"那你和这位叔叔在家能行吗？都是成年人……"

"你这孩子，想什么呢？"王小萌的脸上飞起两团红晕。

"不是，我没想啥呀。"王星星一本正经地说完，又看着厨房的方向，所幸油烟机的声音很大，檀子霄什么也没有听到。

"你檀叔叔其实挺可怜的，他被家里赶出来快仨星期了。刚到我们公司上班没几天，也没地方住，没钱吃饭，为了生存，他还去广场上给别人画画。星星，你也学着点，人不可能总在顺境里成长，在逆境中也要学会生存。"王小萌一本正经地说。

无论王星星在家里多么娇生惯养，他还是非常尊重王小萌的。大概是王小萌不怎么回家，产生了一种距离感。距离感除了疏离，还会产生一种情感，那就是尊重。

他点点头，说："肯定听小姑的呗。"

二十二

王小萌洗完手走进厨房，只见檀子霄的平板电脑靠在操作台的墙上，画面显示的是一盘虾仁。

"碧螺虾仁，我最喜欢吃的菜之一。不过，我没买到碧螺春，看你的茶叶罐里有绿茶，就先凑合用了。"檀子霄拿着锅铲，灶台上散落着从油锅里爆出来的葱花、花椒。

"冰箱里还有你妈妈做的馒头，虽然我们景德镇偶尔也会吃面食，不过还是以各种粉为主。要说面食有啥花样儿，还得是北方人。"

"怎么，你喜欢吃馒头吗？"

"原来确实不太感兴趣，吃了你妈妈蒸的馒头，就喜欢上了。"

抽油烟机嗡嗡作响，王小萌从橱柜取出一个盘子放到操作台上，她抬头看到檀子霄的侧脸，不再像一个什么都不懂的年下弟弟，至于像什么，王小萌一时说不清楚。

"小姑，还开不开饭啊，我都饿了。"王星星坐在餐桌前，头也不抬，拿着手机玩起了游戏。

"星星，你还没和你檀叔叔打招呼呢。"

"檀叔叔好……"王星星抬头说了句，不再吱声。

"怎么？看着不太情愿称呼我叔叔？"

"我看你比我大不了几岁嘛，喊叔叔你不嫌老吗？"

"我比你不也没大几岁嘛，还是你小姑呢。那没办法，辈分在那儿摆着呢。"

"我和你小姑是同事，确实比你大不了几岁，不过辈分也在那儿摆着呢。"

檀子霄为了配合王小萌，于是鹦鹉学舌。多年以后，每当想起这个破解他和王小萌之间冰山的晚餐时，就觉得它是多么不可思议的转折啊。

"我二十一岁，叔，你呢？"

"二十五。"

"才大四岁呀，我能不能叫你哥。"

"不行。"不等檀子霄说话，王小萌断然拒绝，"那样我不成老女人了吗？"

檀子霄刚吃到嘴里的一口馒头，差点喷出来。王小萌太有自知之明了，老女人，这正是他受到委屈后，在心里对她的称呼。

王小萌不是檀子霄肚子里的蛔虫，自然不知道他的想法。不过，因为看他笑，她也忍不住笑了起来。

"其实也不是那么老嘛，还没到三十呢。"

"星星，刚才看你正在玩王者，怎么，还没有通关吗？"

"不行，到了后面太不好打。"

"一会儿我帮你打。"

王小萌挟了一筷子菠菜刚放到嘴里嚼，只听嘎吱一声，急忙吐了出来："你这菠菜根本没有洗干净嘛。"

檀子霄急忙去尝，果真，不知是沙子还是土，让他的牙齿受了罪。他把盘子端到一边，说："我要是说，在我二十五岁前的人生中，从来没有下过厨房为别人做饭，你们相信吗？"

"没下过厨房，那上次你的樱桃肉……"

"算第三次吧。"檀子霄掰着手指数了数。

"不信。"

"我信。"王星星接过话，"就凭着我爸、我、噢，还有我姑父的所作所为，我绝对信，男人没几个会下厨房。"

王小萌瞪了他一眼，说："就你会耍贫嘴，赶紧吃吧。"

檀子霄原本呵呵笑着，一听到"姑父"俩字，皱起了眉头。他看向王小萌，更多的是不解。

王小萌感受到来自他质问的目光，故意不去瞅，只是督促王星星多吃点。

饭后，王小萌去收拾厨房，檀子霄和王星星在幸福的注视下，窝在沙发上打游戏。檀子霄是个合格的指导老师，王星星果真轻松晋级，这让他对这位才大他四岁的叔叔充满了敬意。

"哎，叔，听我小姑说，你画画可厉害了。"

"哟，你怎么知道的？"

"我小姑说的呗。"

"嗯，从小就喜欢，这也是我来北京的原因之一。"

"那……你给我画一幅肖像怎么样？回头我挂我的咖啡厅里去。"

檀子霄没有拒绝，去卧室取来了速写纸，一个当模特，一个成了专心作画的画家。王小萌从厨房走出来，不忍心去打扰他们，坐在餐桌前，就那么看着。

她发现，那个被她称为小毛孩子的侄子长大了，而手持画笔的房客，也不再是年下弟弟。

王小萌想到这里，脸上不禁发烫，"年下弟弟"，这是这天

二十二

117

晚上第二次出现在她潜意识中的名词。当然，也是她第一次见到檀子霄时内心想到的词语，真是韩剧看多了。

米娅一心乱点鸳鸯谱，却不站在她的角度为她考虑问题。年下弟弟怎么可能将她的情伤治好呢？虽然有人说，有一见钟情的爱情，当然，赵红雷和林豆豆也这么对王小萌演示了，但是，王小萌内心依旧不赞成一见钟情：感情是需要慢慢培养的。

"哎，霄叔，你画得可真不错呀。小姑，你来看，像不像我。"王星星向王小萌招手。

檀子霄开始收拾工具。

"嗯，别说，抓住了你的特点，比如眼睛细长，豁鼻孔……"

"去去，小姑才豁鼻孔呢。"王星星的话音刚落，檀子霄回头看向王小萌，禁不住笑了起来。

王小萌问他笑什么，檀子霄指着两个人的鼻子，强忍住笑容，说："姑侄确实很像。"

"我就说嘛，我奶总说：'外甥随舅这话也不全对，星星就随了小萌，小萌随了我，豁鼻孔。'"

王小萌拿出化妆镜，哭笑不得，豁鼻孔确实是事实。

这时，王星星从身上掏出一百块钱，递给檀子霄，说："霄叔，这是给你的。"

"什么意思？"

王小萌和檀子霄一脸不解。

"听说你也挺不容易的，我虽然也不容易，但是，最起码我有老爹老妈做后盾。必要的时候，我奶、我小姑也是我的后花园。你就不同了，背井离乡的，太难了。"王星星自顾自地说着，完全不顾王小萌示意他闭嘴。

檀子霄虽然一头雾水，但是很快明白，这是源自王小萌的灌输。他不好戳穿这个谎言，只好接过钱，模仿北京人说话，说了句："那就谢谢了您哪。"

王星星重新打量自己的第一幅速写肖像，画面里的他面带微笑，幸福在身旁卧着，成了他的配角。

晚上，客厅的沙发成了王星星此次来京睡的"床"。

檀子霄躺在床上，给王小萌发微信："大姐，我像在画架前放个碗，让别人扔钱的人吗？"

王小萌扑哧一下乐了，她回道："怎么不像，你分明就这么做了呀。"

二十三

咖啡师培训班所在的咖啡学院距离王小萌的家不算太远，而令人不爽的准"姑父"也不在家，这让原本计划住在宾馆的王星星改变了主意：创业很难，能节约的开销就省下来，保不齐以后能用到别的什么地方，沙发当床也无妨。于是他决定每天往返于两地，早晨去，下午回。

接下来的几天里，爱玩游戏的王星星很快和同样喜欢玩游戏的檀子霄成了哥们儿。

很久没有找到这么谈得来的朋友了，这是王星星对檀子霄说过的话。到了学成之后，坐高铁回家那天，王星星把满满的不舍全挂在脸上。

王小萌以为是侄子学做咖啡入了迷，安慰道："放心吧，小姑入一股。祝你早日找到合适的店面，把店开起来。"

"不是，我是舍不得我霄哥。"

"什么？"

"我霄哥啊！"

王小萌这才知道，他口中的"霄哥"是檀子霄。

"你们什么时候谈兄论弟起来了？"

"兄弟情谊一辈子也忘不了啊，我感激他和我并肩作战，他一定感激我对他的知遇之恩。"

"你对他还有知遇之恩？"

"我买过他的画啊！"

王星星就这么念着檀子霄的好，直到火车到站父亲王小虎来接他。上了车，他给檀子霄发了微信："霄哥，我下火车了，你就在我小姑家好好住着吧，虽然我那个姑父有点那个啥。不过，我小姑人可好了，回头我和她说，让她免你房租。"

到了家，江彩霞追着孙子问东问西，语调比平时至少高了一个八度，照王星星的话说，"我奶手里就缺一个麦克风了"。

江彩霞没有问王星星参加咖啡师培训效果怎么样，而是问王小萌的表现，这些天情绪有没有异常，有没有不开心的事情？最后问："你姑父呢？"

"我姑父不在家。"

"不在家？"

"我小姑说他出门开会去了。"

"一直没回来？"

"没有。幸亏他不在家，否则我和霄哥不可能玩得这么开心。"

"什么？霄哥？"

"噢，我小姑的同事，说是她的下属，他们公司新招的一个实习生。"

"同事？下属？实习生？我怎么听不明白。"江彩霞有点着急，围着孙子转。

"霄哥真可怜，父母把他赶出来，一分钱也不给他，他就在广场画画挣钱，直到被我小姑的上司看上，招进公司。"

"那他怎么就住进你小姑家了？"

"他那么穷，没地方住呗。我小姑是他的小组长，看他可怜。"

"那你姑父就能让一个陌生男子在家里住？"

"谁知道呢？我待的这一周，没看到我姑父。谁知道他是怎么想的？小姑也没说什么。

江彩霞越听越觉得不对劲儿，她说："这不对啊？你在的这几天，小姑就没有和你姑父通电话、打视频什么的？"

"哎？奶奶，你这一提醒，好像我是没有看到呢。"

听到王星星最后一句话，江彩霞的脸色由红转白，最后变得煞白。

"不过，奶，你也不用担心，必是他们在公司的时候打过电话了。白天打了，晚上就不用打了呗。"

王星星的话再也听不进江彩霞的耳朵里，又或者听到了，又从另一只耳朵眼儿飘出去了。她只觉得心脏不舒服，血压上升。她觉得有不好的事情发生了，可是又找不到证据，也不知道问题出在哪里。

"不行，我得去一趟北京。"她自言自语。

王小萌接到母亲打来的电话，她小声告诉母亲："我正在开会，一会儿再给您回电话。"

江彩霞在电话另一边急得团团转，等到中午，还是没有接到女儿的电话。她一拍大腿，不等了，让王星星帮她买了一张到北京的高铁票。

公司新上了一个项目，林豆豆组织部门主管以上级别人员在会议室讨论研究，王小萌和檀子霄作为实际办事人员列席。

当时，Kate 正在进行演示，王小萌的电话调成了静音，还是檀子霄提醒她来电话了。她弯腰下蹲接了母亲的电话，也没听清楚她想干什么，只敷衍地说了一句"我正在开会，一会儿再给您回电话"，便挂了电话。

起身抬头向前看的时候，王小萌正好和坐在会议桌尽头的林豆豆四目相对，而坐在林豆豆斜对面的赵红雷有意无意瞟了她一眼。

鲜红的嘴唇，黝黑的皮肤，无视室内墙上贴的禁烟标志，林豆豆点着了左手夹的一根香烟。她的眼睛是典型的三角眼，不停扫视着整个会议室的人，就连没有在桌前落坐的王小萌和檀子霄也像是她眼中的猎物。

Kate讲完落座，林豆豆没有就Kate的发言提出意见，而是强调会议纪律。王小萌低头不语，在本子上记下Kate讲解文稿时提出的新想法。

这是第一次与这个女人离这么近，正是她，抢走了自己的未婚夫。王小萌只觉得呼吸不畅，说没有记恨，那可真是假的。

虽然在容貌、肤色上来看，林豆豆不如王小萌，但是从打扮和气质来看，林豆豆绝对在她之上。王小萌不禁有些自卑，她看向赵红雷，也觉得他们更配得上"郎才女貌"和"天生一对"这两个词，而她，真就是只丑小鸭。

林豆豆还没有讲完会场纪律问题，赵红雷的手机在桌上开始振动。他自恃与林豆豆的关系，并没有把她刚说出口的话当真。

林豆豆的脸上由原来孤傲的神情渐渐露出一股杀气，檀子霄小声说了一句："要发威了。"

果真不出所料，林豆豆面向赵红雷，正色道："Leo！我刚才讲了什么，麻烦你再讲一遍。"

"你要我再讲一遍刚才说什么了？Lonny？"

"Leo，现在在开会，你要摆正自己的位置，请叫我林副总。"

赵红雷的脸红一阵白一阵，在座的人也都被紧张的气氛感染，拼命管理自己的表情，不约而同地紧绷起面孔。

只有几位平时和赵红雷有过节的同事，嘴角露出嘲讽的笑。

王小萌的脸也变得发烫，像是与赵红雷仍是一个整体，他挨批评，她也有羞耻感。

原本三个小时的会，在林豆豆的"干预"下，开了四个半小时，午饭都在会议室里解决。

短暂休息的空档，赵红雷递给林豆豆一瓶水，说："Lonny，我是你的未婚夫，你刚才怎么对我像对其他人一样？"

"Leo，这是在公司，你难道不懂得什么叫公私分明吗？在这里，我是副总，你是部门主管，我们是上下级好不好。"

自从那天晚上发生不愉快，赵红雷明显感觉到林豆豆在变化，之前那种黏人劲儿消失了。她嫌弃他不够"open"。

"你不应该给你妈妈回个电话吗？对了，星星给我发微信，说他安全到家，让你不用惦记。"会议结束后，檀子霄对王小萌说。

"啊，对，上午我妈给我打电话了，我怎么给忘了。刚才你说什么？星星告诉你他到家了？"

"是啊。"

"这孩子，真不知谁远谁近。"王小萌合上笔记本，嘟囔了一句。

"我们现在可是哥们儿，很亲密的。"檀子霄一本正经地说。

二十四

"妈，你说什么？你动身来北京了？干吗啊？怎么不提前告诉我一声！"

"我给你打电话，你说你在开会，半天也没回我电话，我就让星星帮我买了火车票。"

"你看你，怎么说来就来。"

"我还不能去看你啊？"

"不是，不是这个意思。我是说，怎么也得准备准备吧，我每天都挺忙的，你来了，也没时间带你出去逛。"

"就因为我怕你工作忙，结婚的事没时间准备，我到了正好给你搭把手。"

王小萌一时语塞，不知道怎么回答母亲。

檀子霄在一旁提醒："几点的火车？用不用我去接阿姨？"

王小萌这才有气无力地说："妈，你现在到哪儿了？哪趟车？我去车站接你。"

"不用你接，我又不是不知道你家在哪里，从车站打个车就到了，你来接我倒麻烦。"

"北京这么大，你迷路了怎么行，我还是去接你吧。"

"我这马上下车了，你别管了。"江彩霞不由分说把电话挂断。王小萌生气地把手机扔到桌上，说："这更年期可真是可怕，能彻底改变一个人。"

"你想怎么办？"檀子霄问，言外之意很清楚：难道还不打算说出实情吗？

"能怎么办？你是不了解我妈，实话告诉你，我现在也不了解她，完全不按套路出牌，现在我们家没有一个人是她的对手。到时候，你见机行事就行了。"王小萌有些不耐烦，"你先把这些东西拿回去，我打个电话。"

目送檀子霄离开后，王小萌向"人生导师"米娅求助。

"什么？你妈要来？星星回去后，是不是和她说什么了？"

"我哪儿知道，他到了家都没有和我报平安，倒是给檀子霄发了微信。"

"星星和小檀这几天处得不错吧？"

"不错？何止不错，两人早就称兄道弟了。"

"哈哈，我说小檀情商很高吧，星星也能感觉出来。我记得你说过，星星不喜欢赵红雷。"

"他毕竟比星星大得多，有代沟嘛。"

"那也不对，还是人的问题。"

"给你打电话是问我妈来了怎么办，你怎么又扯远了。"

"没扯远，顶多算是关联问题。"

"怎么办？"

"嗯，我想想，明天我倒是没有什么事，可以开车带她出去逛逛。"

"那今天晚上怎么办？"

"萌，今天晚上你把实情对她都说了吧，这么瞒着也不是个办法。"

"不行，现在不能说。"

"为什么？"

"你不知道我妈的脾气。"

"脾气再坏，她能把你怎么着？"

"她可能杀到红雷家兴师问罪。"

"不能吧……"

"有什么不可能的？她可是从小学校长的位置上退休的，口才一流。"

"那你想怎么办？难道你还在想有朝一日和他复合吗？"

"我妈心脏不好，她做过手术，医生说不能让她生气。"

"这都是借口！"米娅有些生气，"你可以婉转一点说嘛。"

"原本以为把星星应付过去，我可以喘口气，哪知道她说来就来！"

"问题是需要解决的，逃避解决不了任何问题。"

"道理我都明白，可是……我妈还不让我接她，她要自己打车来我家，唉，不说了，我先回家等她吧。"挂断电话，王小萌的心情更加沉重。打电话原本是想得到米娅的支持，不承想，她并没有按着她心中所想来安慰她，这让人很分裂。

王小萌来到工位坐下，一边整理物品，一边想，自己的问题还是需要自己想办法解决，求助别人，人家顶多共情一下，立场和角度不同，很难从根本上解决问题。

"如果不方便的话，今晚我找别的地方住吧？"坐在对面的檀子霄给她发来微信。

"那你能去哪里？"输入这几个字后王小萌看了他一眼。

檀子霄盯着手机迟疑片刻，输入："住酒店啰。"

"那怎么能行，你回去吧。星星肯定把你住我这儿告诉了我妈，要不然，她才不会迫不及待地来北京。"

王小萌望向玻璃隔断，看不清檀子霄脸上的表情，他没有回复。

王小萌以最快的速度赶回家，看见江彩霞正在小区的花园里给花花草草拍视频。

"妈，你拍的小视频有人看吗？"

"当然有了，我都快一万个赞了。"

"真没想到，有一天你也能迷上这些东西。"

"你没想到？我也没想到。当初它流行的时候，我还相当瞧不起呢。"

"我还不知道您，那会儿可是天天举着手机批判。"

"其实吧，怨我，是我的认知出现了问题。对新生事物，或者说，自己不了解的东西，不能放下姿态去学习。这样下去，就失去包容心，接纳新事物就更不可能了。"

"哟，反省得挺好嘛。"

"你以为你妈是头脑迂腐之人吗？"

"我可不敢这么认为，不过起码还带着上世纪的烙印呢。"

二人边说边往家走。王小萌家所在的楼栋距离小区中心的小花园不算太远，还没有到下班时间，电梯里没有其他人。

江彩霞看着电梯显示屏上的数字，问："红雷呢？怎么没见到他。"

"您都不让我去车站接您。"

"我这不是为了省点车费嘛，你说你从公司到车站还不得花钱？我认识路，又不是啥也不懂。"

"这一点，您比我强，我随我爸——路痴。"

"你和你哥，性格确实都不像我。"

进了家，江彩霞放下挎包，和迎接她的幸福打招呼。幸福蹲在客厅里，警觉地看着她，嗓子里发出"呼噜"的声音。江彩霞骂道："你这个小白眼狼，不认识姥姥啦，白惦记着你了。"接着，她开始挨屋转，果真和她预感的一样，赵红雷在这个家的痕迹全部消失了。

从女儿王小萌说好两个人一起回家，却只有一个人回去那天起，江彩霞内心便不安起来。她觉得女儿的婚事肯定出了问题，虽然抓不到证据，但是，眼前的景况真就是她最不想看到的。

"哎，小萌，家里怎么没有红雷的衣服和物品？星星说他出差了？我看着不像啊！你是不是有事瞒着我。"

"妈……"

王小萌张了张嘴，真不知道怎么回答，这时摁密码的提示音响起，门开了，是檀子霄。

二十五

王小萌像是看到了救星，她说："妈，我来介绍一下……"

"是小檀？"

"是我，阿姨您好，听小萌说您要来，我刚才在水产店买了一条鱼。"

檀子霄举了举手中的塑料袋，王小萌急忙接过来，进了厨房。

"怎么能让你破费，你挣的钱也不多。"

江彩霞上下打量檀子霄：看起来比星星大不了几岁，白净的脸庞，有着南方人独有的秀气；衣着整洁，虽然不是正装，但是有着年轻人的朝气。

江彩霞揣摩檀子霄的同时，檀子霄也在看她。

个子不高，短发、微卷，身材保持得很好，看起来比实际年龄要小几岁，西装半裙配黑色乐福鞋。她的眼睛不大，但目光明亮犀利，像是一眼就能把人看穿。她嘴角挂着的微笑，却让檀子霄心里暖暖的，他想到了过世多年的母亲。

"妈，您来炖鱼吧，我想小檀的手艺还不如我呢。"

"也好。"

檀子霄没有争抢，他不是讨厌进厨房，而是之前家里一直不给他机会。小时候有母亲、姐姐，长大后，继母带来了异父异母的二姐，家里还请了保姆。

"小檀，听说你是景德镇的呀。"江彩霞在厨房里问道。

檀子霄本要回房间，这时他来到厨房，说："是的，阿姨。需要我帮忙吗？"

"帮我剥点蒜。"

"妈，我剥就行了，人家小檀是房客，你怎么能指使人家。"王小萌猜不透母亲的想法，只想尽量阻断二人的交流。

"没关系。剥蒜而已，我会。"

"小萌，厨房太小了，你去把我的行李拿进屋，铺铺床什么的，吃完饭，我要早点休息。"

王小萌只好不情愿地离开了厨房。

从有没有女朋友，到有兄弟姐妹几个，什么学历，父母的职业，在景德镇有没有房子和车，来北京多久了，还回不回景德镇……江彩霞仿佛有一百个问题要问檀子霄。

檀子霄一一作答，唯一隐瞒的是他家的财务状况和来京的真实原因。

江彩霞得知檀子霄的生母已经去世，父亲又续弦时，不由停下手中的活儿看向檀子霄，满脸的怜爱，口中还不停地说："可怜的孩子，有后妈的孩子都是可怜的孩子。"

在江彩霞看来，爱情必须忠贞不二，任何情况下的背叛都是可耻的。被抛弃的一方可悲，子女更是让人同情。

"霄啊，星星都和我说了，说你面对挫折，依旧乐观、坚强。见到你，真就特别有眼缘。我向来看人就准，你是个好孩子。今后啊，你就把这里当成你的家。我家小萌呢，老实本分，只有被人欺负的份儿，从来不会害人。你们就互相照应着。还

二十五

有，听说你靠画画挣钱，也别太拼了，还是要注意休息，身体最重要。"

檀子霄点头应和。

江彩霞把鱼放到锅里炖，取出面盆和面，她说："小萌爱吃饺子。你们景德镇不怎么吃吧？阿姨今天包一点，你尝尝。"

檀子霄的心里暖暖的，已经多久没有人这么和他说话了呀！记忆回到了母亲在世的时候。

大姐毕竟是大姐，那种感情取代不了母亲。

继母呢？檀子霄在心里冷笑了一声。继母原本是父亲窑厂的会计，和丈夫离异后与女儿独自生活。母亲去世后没过多久，她就带着这个女儿嫁到了檀家。那一年，檀子霄上小学六年级。继母上初一的女儿成了他的二姐。

檀子霄不知道父亲和继母是因为什么结合的，他只知道有一天晚上，上高中的大姐和父亲吵了一架，离家出走了。再后来，大姐没上大学，在父亲的窑厂上班，又在父亲的安排下与一个合作伙伴家的大儿子结了婚。

"霄，来，帮阿姨擀皮儿。"

"我不太会。"

"学嘛，谁都不是天生全能。"

檀子霄放下剥好的蒜瓣，拿起擀面杖。

有关厨房的记忆和母亲有关，母亲去世后，他就没进过家里的厨房。如今，他被一股暖流包围着。他回想起自己常常在夜幕降临后，在楼下看到别人家厨房亮灯时的羡慕。如今，一定也有和他一样想法的人，正在某个黑暗的角落望着这扇窗吧？

"左手揪住面剂子的一角，随着擀面杖的移动而转动。"在江彩霞手把手的示范下，檀子霄很快掌握了擀皮儿的技巧。饺子皮儿从原来的三角形、四边形，到最后的圆形；由原来的薄厚不均匀，到最后的平整。檀子霄被江彩霞称赞、鼓励，厨房里传来轻松的笑声。

王小萌整理好主卧，给母亲找好洗漱用品，来到厨房门口。温馨的画面，感染了她，竟让她也想参与其中。王小萌挽起袖子走进厨房。

"小萌，你来包，我去把鱼盛出来。"

不知什么时候，厨房里只剩下王小萌和檀子霄两个人。檀子霄动作僵硬，鬓角流下汗水，用手背去擦，不承想脸上多了一层白面。这惹得王小萌扑哧一声乐了。过了一会儿，不知谁先动手，二人竟然互相在对方脸上抹起面粉，打起了"面仗"。

"哎哟，这饺子，今天晚上还能不能吃上啊，锅里的水该开了。"江彩霞浅笑吟吟。

王小萌听见母亲的声音，收敛起恣意的笑，催促檀子霄快点擀。

饭后，母女二人躺在床上，江彩霞问女儿："你和赵红雷什么时候分手的？"

"妈！"黑暗中，王小萌大睁眼睛，微抬起头看向母亲。

"是他提出来的吗？为什么？"

"也不为什么，可能是我不够好。"王小萌的声音越来越小。

"不够好？我相信我的女儿没问题。怎么，是他看上别的女孩子了吧？"

王小萌一时无语，直起身子坐了起来。她对母亲佩服得五体投地，她说："妈，你怎么……"

"我怎么知道的？什么事情能瞒过我？我女儿是什么样儿的人，我还不清楚吗？当初你把赵红雷带回家，我就没看上他。

那孩子骨子里有种轻蔑。当时我就说他不适合你，你非说爱他，我也不好再干涉。"

"妈……"

"星星回家和我一说，我就知道你们之间发生了什么。小萌，我太了解你了，善良到软弱。妈说过你，不仅做人不能这样，爱情也不能这样。爱情是自私的、独有的，三心二意、见异思迁的男人根本就不能触碰。"

王小萌的眼睛里涌出了泪水，她说："我都不知道，怎么会变成这样。本来我们说好要结婚的，哪知道，他去了一趟上海，一切都变了。"

"上海？就是你自己回家那次？"

"嗯，在那里，他遇到了我们公司老总的女儿。她刚从英国回来，现在担任公司的副总。他说，他想在这次提职中胜出，他要竞聘行政总监的职位，他不想离开公司。"

二十六

江彩霞暗暗攥紧了拳头，她拍了拍王小萌的胳膊，说："爱情是两个人的事，婚姻亦是如此，不能强求。好了，女儿，一切都会过去的，先睡吧。"

"妈，您真不伤心吗？"

"我有什么伤心的，要说伤心，那也应该是你，你才是当事人。"

"可是，好丢脸啊，让您太没有面子了。"

"幸亏是结婚前他把你踹了，难道要凑合结婚，然后再离婚吗？那样咱们家岂不是更丢人？不是有那句俗话吗，鞋子合不合脚，只有自己知道。外人懂什么？日子需要自己过。"

王小萌万万没有想到，向来是女强人的母亲会这么开明。最担心的责骂没有发生，她放下心来，捉住母亲的胳膊，在她身边躺下。

第二天王小萌睁开眼时，发现睡在身旁的母亲不见了。

这时，客厅传来她和檀子霄的对话："霄啊，早饭我做好了，一会儿小萌起来，你们吃完饭再去上班。碗筷不用管，我回来再收拾。"

"阿姨，您这是要去……"

"我去买点菜。"

王小萌突然想起了什么，从床上叽里咕噜爬起来，冲出卧室，说："妈，等等，您可别……"

"去"字还没有说出口，入户门已经关上了。幸福从玄关转过身，正懒洋洋地看着她，而她看到的，是檀子霄瞪大的双眼。她低下头，才发现只穿了一件真丝睡衣，连拖鞋也没有穿。

二人同时像被电击一样，异口同声地叫了一声。

王小萌飞奔回房间，把房门关上。

檀子霄的心怦怦直跳，脸颊发烫。他摸了摸脸，这种感觉太长时间不曾出现过了。

过了片刻，王小萌换好家居服走出房间。檀子霄想看又不敢看，只是指指餐桌说："阿姨做好了早餐，煎饺和小米粥，她让咱们吃完再去上班。"

"我妈穿什么衣服出门的？"

"一套裙子，高跟鞋，还画了淡妆。"

王小萌隐隐有种不祥的预感，去菜市场用得着这么正式吗？可她又不好和檀子霄说出心中的疑虑。

"抓紧时间吃吧，我挺喜欢吃咱们一起包的饺子。"檀子霄站在餐椅前说道。他想坐下，但是又像是等着王小萌同意。

"你先吃吧，我现在没有胃口，一会儿喝点粥就行。"

檀子霄不再推脱，拉过椅子坐下，撷起饺子大嚼起来。

"我的记忆中，最后一次在家里吃饺子，还是我妈妈在世的时候。"

"什么？你妈妈去世了呀。"

王小萌从来没有问过檀子霄的个人情况，他自然也没有对她说过。要不是江彩霞昨天晚上对檀子霄刨根问底，他不会主动说起自己的家庭。对于失去幸福家庭的孩子来说，或许这也会让他感到自卑。

"你不说我还真不知道呢，你有后妈。"王小萌坐到檀子霄对面，像是找到了难兄难弟，但是，又好像夹杂着一种庆幸的愉悦。这种复杂的情绪让王小萌开始主动分享自己的隐私，"还好，我爸妈离婚后，我妈没给我们找后爸。我爸呢，从家里离开后，自己组建了家庭。后来我们来往得比较少，我和那个后妈没有接触，更没有切身体会。"

檀子霄说："我妈去世后，嗯……应该说，后妈进门后，我爸就像变了一个人。"

"就是说嘛，我爸和别的女人结婚后，也像变了一个人。小时候，我和我爸很亲近的，我有什么事情不和我妈说，总是去问问他该怎么办。他离开家后，我还是和他疏远了。这种疏远，不仅仅是表面上的距离，而是心与心有了裂缝。他好像在回避我，而我一想到他抛弃我妈、我哥，还有我，去了别人家，就不想再去联系他。从那时候起，我终于明白，人是会变的，感情更是。"

檀子霄敞开心扉后，王小萌也与他共享了自己的家庭现状。两个人成为彼此隐私的拥有者，越聊越投机，不知不觉中，这顿早饭吃得时间有点长，当他们反应过来时，就算以最快的速度冲下楼，到公司也会迟到。

知道了最坏的结果，她反倒变得坦然了。

檀子霄叫了网约车，这次王小萌没有拒绝和他一起上车，只是下楼的时候，她说车费要平摊。

檀子霄本想说不用，又一想，以她的性格还要纠缠一番，甚至有可能不与他一起乘车也说不定，于是就"嗯"了一声。

在车上，两个人的话没停，从家庭变故往回说，说到童年的时候，说着说着他们就到了公司。

为了避嫌，王小萌让檀子霄先上楼，她去咖啡店买杯果茶。

早晨，江彩霞精心打扮后准备出门，檀子霄问她干什么去，她说了一个买菜的理由。菜，是要买；人，她也要找，当然是找骗她女儿感情的赵红雷了。

一出小区，她看到停在路边的一辆出租车，开门坐了上去。

司机是一位年轻人，虽然一口京味儿普通话，但是很有耐心，他问："阿姨，您去哪儿？"

江彩霞一时蒙了。她只知道女儿和前准姑爷在同一家公司上班，公司具体叫什么，她还真说不上来。

司机见状，开始引导："您先想好要去的地方在哪个区，再想想地标建筑物，或者说，您想去做什么。"

江彩霞突然想起朋友圈，女儿不怎么发朋友圈，具体内容不用看。赵红雷不愧是做宣传工作的，他的朋友圈基本上是办公用的联络工具以及展示他工作状态的直播平台。他不是转发国际时事和国内新闻，就是转发公司的公众号文章，或者相关产品。

江彩霞急忙打开手机，翻到一条，竟然真有一个定位，她不禁笑着说，就去这里。然后，她把手机递给司机。

还没有到早高峰，路上的车不算太多，半个小时后，车停在了一幢写字楼附近。江彩霞从车上走下来，抬头看了一下高楼，知道自己找对地方了，这楼她在手机里见过。

她拿好手包，和三三两两的年轻人一起走向写字楼。

来到大堂，安检过后，江彩霞不知道接下来怎么走，前堂的服务人员见状问她去哪里。

江彩霞说出赵红雷的名字。

服务人员问哪家公司的，说这大楼好多公司呢，又问有没有预约，最后说需要受访者亲自下来接才能上楼。

江彩霞表示不解，说见个人怎么这么麻烦，又不是政府重要机关部门，为什么搞得这么严。

服务人员坚持让她打电话联系。

正在纠缠争执中，江彩霞看到走进大楼的人群中有一个熟悉的人影。

不过他不是一个人走进楼的。一位个子不高、皮肤黝黑、穿戴洋气的女人挽着他的胳膊，二人还戴着同款口罩，正低头说着什么。

在江彩霞的记忆里，女儿王小萌和赵红雷谈恋爱三年，也没有这么亲近过。

"赵红雷！"江彩霞喊道。

二十六

二十七

林豆豆挽着赵红雷走向电梯，江彩霞不顾工作人员阻拦，向前走去。

林豆豆隐约听到有人叫赵红雷的名字。她在大堂里搜寻声音的来源，正好和江彩霞四目相对。

"Leo？"

林豆豆推了推赵红雷，赵红雷摘掉蓝牙耳机，这才看到王小萌的母亲向他们走过来。

他大惊失色，快速想对策，一边又庆幸，还好有口罩挡住面孔，否则惊愕之情断然逃不过林豆豆的目光。他立刻把林豆豆的手甩开，不禁有些着急，自言自语道："她怎么来了？"

"她是谁？"

"嗯……老家的一个阿姨。Lonny，你先上楼，回头我再和你说。"赵红雷望向电梯，显示楼层的数字数目正在变小，他紧握了一下林豆豆的手，把她推到电梯门前。随后，在林豆豆的注视下，他走向江彩霞。

"阿姨，您怎么来了？"

"我怎么不能来？"

"不是，我不是这个意思，我是说……"赵红雷向下拉了拉口罩，露出鼻子，又向大厅四处张望了一下，压低声音问道，"小萌……没和您一起吗？"

"你不用找，小萌没有跟着我。"江彩霞没有刻意把声音提高或者降低，用一种小学校长在操场上给学生们讲话的音调，铿锵有力地说，"红雷，你和小萌是怎么回事？你们不是要结婚了吗？刚才挽着你胳膊的女孩子，她是谁？"

赵红雷用眼睛的余光看向电梯口，林豆豆正向这边看，他推着江彩霞向出口方向移动。

江彩霞跟跄着，险些绊倒，她说："你不要推我，你倒是回答我呀！"

"阿姨，咱们那边说话。"

"赵红雷！"江彩霞提高嗓门，一个耳刮子甩了上去，手掌与脸接触后清脆的声音在大堂里回响。

这一幕，恰好被林豆豆看到，只是她正被人拥挤着走进电梯。

赵红雷一下愣住了，他想不到王小萌的妈妈会打她。和王小萌回老家的次数虽然可以数得过来，但是江彩霞给他的印象一直是坚强、隐忍、讲道理，甚至就是女强人的代名词。威严有，但是她绝不是那种撒泼的家庭妇女。

此刻，赵红雷捂着半边脸愣住了，站在地上一动不动。

站在大门处的保安人员听到声音，感觉这两个人有些不对劲儿，于是走过来询问需不需要帮助。

赵红雷举手示意不用他们管。

"赵红雷，我今天来，其实并不想听你解释。我的困惑是，如果你不爱小萌，为什么不早些和她分手，或者最初就不要选择和她在一起。三年了，小萌把女人最美好的三年给了你，可你昨天和她谈结婚，今天却攀了高枝儿，一脚把她踢开，你这么做内心就不觉得愧疚吗？到现在你还嬉皮笑脸！"江彩霞把身体的重心放到一只脚上，黑色皮质手提包从右手转挂到左手腕，"你别以为我上了年纪就不讲道理，我知道男女之间谈感情讲的是两相情愿，一旦一方不满意，可以提分手，这很正常。但是，你别玩弄感情啊，将小萌对你的信任和爱抛到一边。说好听一点你这是脚踩两只船，实际上你就是个大骗子！"

"阿姨，您回去问问王小萌，谁脚踩两只船？刚才我说了，我和她又没有结婚，出轨可够不上，顶多算是劈腿。"

"我女儿是个什么样子的女人，我相信你心里一清二楚。这么老实本分、善良单纯的女孩子，你都敢欺骗？你还是人吗？我今天来这儿，就是要告诉你，我只有这一个女儿，谁欺负她，我和谁急！她下不去手打你，我可以。"

"不……不是，我们之间的事，我已经和她讲清楚了呀。"

"你是和她讲清楚了，可是，我是她妈，我今天来，是为给她付出的三年讨一个说法，也让你知道，王小萌生下来不是让你这种男人欺负的！最后，我警告你，就你这种为了想升职攀高枝的人，早晚有一天会掉下来的。老天爷可是有眼睛的，爬得越高，摔得越疼，你早晚会得到报应！"江彩霞说完心里想说的话，心情舒畅了许多。她不等赵红雷解释和回应，抻了抻衣角，捋了捋头发，准备走。刚想转身，她又补充道，"还有，今天我来找你的事，希望你不要对小萌说。"

赵红雷气不打一处来，抬起脚想踢东西，无奈空旷的地面上连垃圾桶都找不到，只能暗暗骂了几句。

江彩霞不顾来自陌生人的注视，向出口走去。出了旋转门，她沿着来时的路一直向前走去。

高跟鞋总也不穿，有些磨脚。原本出门她会穿便鞋，这次显然有预感，所以把退休前穿的皮鞋取出来，护理完放到了行李箱中。

正如她昨天说的，一双儿女的性格都不像她，口才不行，心眼儿过于实在，于是在社会交往方面总是吃亏。这样的秉性是天生的，基因里自带，没有任何办法。

这时，她想到丈夫在小萌十岁的时候出轨。事情败露后，他跪下来祈求她原谅，说他想回归家庭，但是被江彩霞拒绝了。

男人一旦学会偷吃，必定就会上瘾，有了第一次，第二次离得也不远了。不是有句俗话吗，"狗改不了吃屎"，说得再贴切不过了。她觉得自己是有精神洁癖的人，对此也深信不疑。所以她下定决心，不顾所有人的反对，离了婚。她从此看透了婚姻的本质，决定独身一辈子。

两个人三观不合，没有共同的追求，又怎么可能得到幸福？婚姻像鞋子，徒有好看没有用，合脚才最重要。

她从自己的亲身经历出发，可怜女儿，与女儿共情，同时换位思考，陷入沉思。感情双方很难分清谁对谁错，爱就爱了，不爱又怎么能强求？这么一想，她今天的所作所为，总归是有些偏激的，倒像是她和小萌放不下。

江彩霞走在马路上，汽车和人比刚才多了许多，车水马龙，人来人往。她突然想起，邻居刘姐拜托她买茶叶；也不是必须买，有时间顺便带几包就行。说是这么说，帮助别人购物，哪儿有顺便一说？

反正现在心情也不是太好。

这样想着，她走向出租车停靠点，去寻找张一元茶叶店，准备买茉莉花茶。

二十八

赵红雷在毫无心理准备的情况下，挨了曾经的准丈母娘江彩霞一巴掌。

他先是在原地转了几个圈，狠狠地让脚底板和地板砖来了几次亲密接触，接着不动声色地戴好口罩。

大堂里的人络绎不绝，别说脸熟了，基本上相互都不认识，他这么想着，可脸还是火辣辣的。

"简直太丢人了。"他自言自语。

原本想上前帮忙的安保人员，不停地向他偷瞄着。

林豆豆一定察觉到什么了吧，一会儿上去怎么和她解释？老家来的阿姨特意到北京打他耳光？再傻的人也知道事情没那么简单。

赵红雷徘徊着，突然眼前一亮：谁还能没有过去？她林豆豆别说在国外，前几天不还和别的男人勾肩搭背，一起去夜店，夜不归宿吗？怎么，只许州官放火，就不兴百姓点灯？

她是接受过海外教育的人，对于感情的事不那么死板。再说了，从上海回来，在机场挨米娅打那次，不也让他糊弄了过去？这次，靠他的口才，肯定也行。

赵红雷内心变得坚定起来，他决定先发制人，主动向林豆豆坦白，或者找个什么借口。他内心有了主意，这才踏进电梯，这时，毕国凯的助理打来电话，说要和他讨论项目的事。赵红雷边接电话，边回办公室。屁股刚坐到椅子上，门就开了，来者是林豆豆。

只见她原本黝黑的脸变得更黑，赵红雷眼前出现一个人物，是小时候看过的一部港台剧《包青天》里的包拯。想到这里，他急忙挂断电话，从桌子前站起。林豆豆指着他的鼻子骂道："Leo，赵红雷，你这个垃圾，卑鄙小人！"

赵红雷急忙跑到门口，关上门，把她拖进里间。

在外面大厅格子间工作的韩维维听到林豆豆的话，瞪大眼睛、张着嘴巴，下意识拿起了桌上的手机。

赵红雷拉下百叶窗，说："亲爱的，什么事，什么事？看把你气得……在楼下毕总给我打来电话，还是项目的事，这不，还没说完，你就进来了。就算你不来，一会儿我也要去你办公室给你请罪呢。"

"毕总？你这瞎话张口就来啊！"林豆豆的气更大了，丰满的胸部高低起伏。

赵红雷一副不解的样子，问："什么瞎话？豆豆，我对你可是没有讲过一句假话。"

"刚刚毕总还给我打电话呢，他一个人可能同时和我们两个人通话吗？"

赵红雷急忙修正道："我刚才是说，和他的助理，毕总的助理通电话。"

"说吧，你究竟还有什么事情瞒着我？刚才楼下那个老女人为什么打你？"

"你都看到了？"

二十八

145

"你以为我是瞎子吗？"

"你怎么能是瞎子？什么事情都逃不过你的眼睛不是？"赵红雷谄媚地笑着。

"王小萌是谁？"

"这……"赵红雷一阵心悸，表面不露声色，如实说道，"你可能认识她，Kate部门的。"

"昨天开会，在会场上接电话那个吗？"

"嗯，是她。"赵红雷补充说，"是这样，工作上我们没有什么交集。因为原籍是一个省，也算是老乡。前几年，因为坐火车我们熟识起来。她呢，把我平时对她的关爱，理解成了对她有好感，于是，总是对我……通俗来讲，就是追我嘛。不过，豆豆，你相信我，我可从来没有同意和她交往，或者说给她一种念想。我只是看在同乡的份儿上，不愿意把关系搞僵。"

"是这样吗？"

"但是，我不知道她是怎么和她家人讲的，刚才楼下那个女人就是她的妈妈，大老远跑到北京质问我，说她女儿和她说在和我谈恋爱，还要和我结婚。我跟她解释，她不听，还打我。你说，以我的身份，怎么能和她一般见识？又不能还手，或者报警，所以只能挨打啰。Lonny，我太冤了，简直比窦娥还冤。"

林豆豆的表情渐渐平静下来，她歪着头说："Leo，真是你说的那样吗？"

"我怎么能骗你呢。在这个世界上，我最爱的人就是你。"赵红雷顺势拉林豆豆入怀，低下头去寻找她的双唇，林豆豆环住赵红雷的脖子。

虽然什么也听不到，韩维维还是在工位上竖着耳朵，一边关注着办公室内的进展，另一边在手机上和沈东龙互动。

"听说，一早上班，Leo 被一个上了年纪的女人打了耳光。"

"我也听说了。"

"她是谁啊？"

"不知道，是一位很有气质的老年妇女。"

"林副总现在在他办公室呢。"

"打起来了吗？"

"刚进门的时候气鼓鼓的，现在没动静了。"

"哼，他俩可真是不是冤家不聚头，这才多少日子，不是这个劈腿，就是那位有状况。"

"他俩都不是什么正经人，看他们能嘚瑟多长时间。"

"我看也是，拭目以待。"

檀子霄戴着耳机坐到工位上，打开了电脑。韩维维见状，说："哟，小檀，你今天怎么迟到了。"

"刚才在楼下快餐店排队买早餐，人太多了。嗯，Kate 和组长没找我吧？咦？组长还没来吗？"檀子霄看了一眼王小萌的办公桌，以此加以掩饰。

"刚才你们两个人都没来，我还想是不是真坐一趟车来上班呢。"

"组长可是很高冷的哦。"

正在这时，赵红雷办公室的门开了，林豆豆走了出来，两个人吻别的样子，让檀子霄不忍直视。韩维维偷着乐，偷偷调整手机的角度。

林豆豆走过创作部的办公区域，眼睛寻找着王小萌的身影，无果后离去。

待林豆豆走远，韩维维把一早看到和听说的特大新闻一五一十转述给了檀子霄。

王小萌在楼下取了果茶，刚要走出店门，这时，看到手机屏幕显示赵红雷打来语音电话。她找了个角落里的空座位坐下，摁了接听键。

"你现在在哪里？"

"楼下咖啡店。"

"刚才你妈来公司了。"

"什么？"

"她还打了我。"

"怎么会？我妈不会打人。"

"你不信，去问你妈。真没想到，你会是这样一个女人，我们之间的事情，你为什么要告诉你妈？"

"红雷，我……"

"你觉得让你妈介入到我们之间有意思吗？"

"一会儿我问问她。"

"问她？有什么用？打也打了。早晨上班的时候，大堂那么多人，你知道我有多丢人吗？"

"丢人？你丢人？你不觉得我也丢人吗？"

"你丢什么人？"

"结婚前夕被未婚夫一脚踢开，原因是他和别的女人订了婚。你觉得我怎么和我妈说，怎么说才能让她不觉得丢人？"

"这是你们的事，和我有什么关系？Lonny还看到我被你妈打了，我该怎么和她解释？她可是我这辈子要结婚的女人。"

听到赵红雷这番话，王小萌心如刀割，她有点恶心。

"刚才，我和她解释了，说咱们的感情只是你一厢情愿，希望你保守这个秘密，永远不要戳破。对了，你妈妈不让我和你说她找过我。你也知道她的脾气，这事搞不好会没完没了。小萌，我希望你用用脑子好好想想。我们曾经拥有美好的过去，请不要把那份美好破坏，请让它保留回忆和留恋的价值。"

二十九

自己怎么拎着果茶走进公司的，王小萌一点也不记得了，甚至韩维维找她说话，她都觉得像是隔了层玻璃，声音遥远且不清晰。

王小萌的异常，全被檀子霄看在眼里。檀子霄不知道在买饮品的这个时间段发生了什么，只知道一定和王小萌的妈妈来公司找赵红雷有关。

事情变得越来越复杂，檀子霄有一种很强烈的预感。

王小萌今后在这家公司生存堪忧，或者说，还能不能生存下去都不好说。想到这里，他不禁开始担忧，抬头看着王小萌。

只见她双手捧着果茶，看着桌上某个位置，思绪早不知飘到了什么地方。那天，她梳一条马尾辫，刘海儿被一枚黑色发夹固定在头顶，露着略窄的额头。她脸庞略显圆润，未施粉黛，她忧郁的气质可真像一个人啊，檀子霄闭了下眼睛。

米娅的电话将室内的沉寂打破，她问王小萌，用不用她去接她妈妈，带她逛逛北京城。王小萌说暂时先不用。王小萌之所以临时改变主意，是因为她的心境在变化。

她了解母亲。母亲是一个表面看起来很坚强，实际上却有些自卑的女性。她不想让别人看到她软弱的一面，更不想得到别人的同情。所以，在所有人面前，她总是保持着高傲的样子。

王小萌知道，假如让母亲和米娅在一起，米娅虽不会故意炫耀自己的生活，但是她也一定能感觉到米娅无意中释放的优越感。人性都是自私的，看到女儿的闺密生活幸福，母亲一定会失落、难过。

人们总是拿别人的幸福来对比自己的生活，这是一种本能。有时候明明知道这样不对，却又控制不住内心深处隐藏的恶。

王小萌想到这里，越发恨自己无能：自己是一个多窝囊的人啊，都奔三的人了，竟然还让母亲替她为一段已结束的感情讨说法！

这样想着，她有给母亲打电话的冲动。这时，赵红雷所转达的江彩霞的警告，也在她耳边响起。

她知道，母亲所做的一切都是为她好，尽管从目前来看，给她造成了很大的困扰。难道作为女儿，还要去责备母亲为什么要这么做吗？

"小萌，我去给你刘姨买茉莉花茶，顺便逛逛街。你不用担心我，我丢不了。晚上下班后，和小檀早点回家，我给你们做好吃的。对了，你看看明天早晨的车票，最早的那趟，有座呢，就帮我买一张。你嫂子刚来电话，让我早点回去。"

"这么急干吗，你不是说要住些日子吗？"王小萌听完母亲的语音通话，耐着性子回复。

"你看车票吧，别的事情，晚上回家再说。"

母亲总是这样，她决定了的事，谁说的话都不管用。

"中午别在公司吃外卖了，出去吃吧，我看附近有一家定食很不错。"来了一条微信，是檀子霄发来的，"我给你发位置，一会儿我先走，随后你跟来。"

这家定食店很小，以外卖为主，只能容纳两三桌堂食，或者说，更适合一个人来就餐。所以，去那里不用担心会遇到熟人。

"我妈早晨从家里出来，并不是去买菜，而是来了公司……"王小萌没有胃口，在檀子霄的安排下点了一份海鲜乌冬面。

"我知道。"

"什么？你知道？"王小萌瞪大双眼。

"我们来公司之前，林副总去找 Leo 理论，韩维维看到了。"檀子霄把菜单递给服务员，"我来一份炸猪排定食。"接着，他看着王小萌，"我觉得，你现在最担心的不应该是这些，而是想想自己以后。"

"以后？"

"离开这家公司，找一个适合自己的岗位，重新再来。"

"原本我想过了这几年再做打算。"

"过几年？"

"结婚、怀孕、生子以后。毕竟我们公司的福利待遇还算不错，跳槽去别的公司，收入肯定会下降。"

"呵，结婚……"

"很讽刺是吗？"

"人生充满了变数，这一秒还好好的，谁又能想到接下来会是什么样子。"

"没想到你的思想这么成熟。"

"凡事都该提前考虑。"檀子霄喝了一口大麦茶。

"我从小与世无争，按部就班地上学、就业，然后跳槽来到这家公司工作。妈妈时刻提醒我人心险恶，所以，我把自己包裹得很好。秉着不生害人之心，也就不会被人害的想法，一直到今天。没想到，生活并不是我想象中的那样岁月静好，充满着我不想看到，想躲都躲不过的荆棘。"

"你太悲观了。"

"悲观？这是事实呀。"

"你想在一棵树上吊死吗？"

"什么？"

"对一个不值得留恋的人恋恋不舍，才是天底下最傻的人吧！"

"那你要我怎么办？"

"投简历，尽快离开这家公司。"

"哪那么简单。"

"你有过……回原籍工作的打算吗？"

"你知道吗？小时候，父亲出轨，母亲执意和他离婚，受到伤害最大的那个人是谁？"王小萌的情绪从沮丧转为激动，"是我呀！那个时候，我哥和嫂子已经有了我侄子，虽然还在一个家里住，但是他们三个人是大家庭里有小家。我妈妈事业心强，用工作来疗伤。他们争吵、冷战，刚开始还有所顾忌，到了最后，都撕破了脸。我正是在那种环境下下定决心，一定要离开我生活的地方，离开我的家，远离我的父母。你说让我再回去？我回去做什么？"

"那么，去另外一个城市呢？"

"另外一个城市？哪里？还真没有想过。"

"嗯，你父亲？哦，不，你母亲，今后就没有想过，重新组建一个家庭吗？"

"我妈？她觉得两个人能携手走过一辈子，必须要在情投意合、志趣相同的前提之下，这样双方才能互相谦让和隐忍。否则，一切免谈。她看得很通透，在退休前以工作为荣，你知道吗？她就是俗话说的那种工作狂。她是小学校长，眼睛里都是那些孩子。退休后，她做自己感兴趣的事，比如琢磨厨艺、出去旅行。我想，她的余生会是她自己一个人走过吧。"

"你想听我的故事吗？"

"你比我小好几岁，能有什么故事？"王小萌笑着说道。正在这时，服务员把海鲜乌冬面和炸猪排定食端到桌上。檀子霄笑了笑，揉了揉右腿，说："饭来了，先吃饭吧。"

三十

晚上下班，王小萌听从檀子霄的安排，和他一起坐网约车回家。

二人一起坐在后排，汽车驶离写字楼后，王小萌的话渐渐多了起来。人往往是这样，共享了秘密，就会缩短心与心的距离。就檀子霄不选择经济实惠的地铁上班这件事，王小萌突然提出质疑，揶揄道："哎，子霄，你都靠卖画为生了，怎么还天天坐网约车上下班呢？'今朝有酒今朝醉'吗？"

檀子霄看向窗外，摸着右腿，神情比平时肃穆许多："嗯……与地铁相比，我可能还是喜欢汽车吧？毕竟不用爬上爬下换乘，太费脚力了。"

"年轻人还怕走路？真让人鄙视。"

"给阿姨买回程的火车票了吗？"

"买了，明天早晨七点多的。我妈很有主意，她决定了的事，我只能服从。"

"有妈妈真好。"

"嗯？"

"阿姨让我想起了我的妈妈。"

"子霄……"

王小萌想起早晨二人的聊天，不禁流露出同情和关爱的神情。

"如果我妈妈没去世该有多好啊！"

"真是抱歉。"

"你抱歉什么？又不关你的事。你不也有自己的人生伤痛嘛！那句名言说得好：'幸福的家庭都是相似的，不幸的家庭各有各的不幸。'"

王小萌看着檀子霄，内心五味杂陈，什么滋味都有。她想不到，外表清秀、性格乐观的檀子霄竟然看事情看得这么透彻。他的经历和伤痛仿佛成了黏合剂，让她的内心主动向他偏移，激发出她母性的那一面。

檀子霄的手放在膝盖上，她有想碰它的冲动。

直到走进家门前，王小萌都在主动跟檀子霄交谈，像是变了一个人，也不再为自己的事情伤心。

而檀子霄只是默默地注视着她的改变，心里暖暖的。

上午，江彩霞就近找到一家张一元店，买了茶叶。大街上拥挤的人流让她心烦意乱，于是去了趟广济寺，出来后直奔奥森公园。

大自然是最好的馈赠，心情不好的时候要学会回归自然。树木和花草让江彩霞从女儿失败的感情中尽可能地抽离出来。她翻看相册里的花花草草，对准跑着的小狗小猫拍小视频。

中午回到女儿家，餐桌上摆放着王小萌和檀子霄早晨吃完没来得及收拾的餐具，江彩霞的嘴角露出一丝微笑。

或许不该为结束绝望，它可以是另一种开始。

"今天是个好日子，心想的事儿都能成……"江彩霞情不自禁哼着喜欢的歌，忙活完家务，又给幸福梳毛。

退休后，她在某平台注册了一个视频账号，发一些旅游和美食方面的内容，没想到还挺受欢迎。网友们的点赞是她前进的动力，从中餐面食到西餐比萨、饼干，她都要尝试做一下。

王小萌和檀子霄进门时，桌上已经摆了四菜一汤，甚至还有饭后甜点。

王小萌似乎忘掉了一切不愉快，揉完幸福的脖子，就去拿饼干，被江彩霞喝止，推着她去洗手间洗手。

在这个空档，檀子霄抓起一块酱牛肉，放到嘴巴里大快朵颐。

王小萌直呼妈妈偏心。

餐桌前，江彩霞坐在檀子霄身边，不停给他碗里搛菜。

檀子霄有些不好意思，一边嚼着食物，一边说"够了够了"。

"妈，你不吃吗？"王小萌觉得母亲有点不对劲儿。

"我不饿，我看着你们吃。"江彩霞自顾自地说，"明天我就回去了，你们俩呢，好好相处。都背井离乡的，在一起相互取取暖，也好有个照应。"

"妈，你说什么呢？"

"来之前就听星星说他霄哥怎么怎么好，我还不信。这来了以后才发现我孙子的眼光不错，像我。"

"阿姨，您过奖了。"檀子霄笑着说。

"你以为我妈夸你呢？她那是夸完孙子夸自己呢。"

"妈就你一个女儿，你幸福就是我最大的心愿。"江彩霞没有理会女儿的调侃。她的目光依旧没离开檀子霄，"霄啊，我今天做这个主，以后，你就住在小萌家里。什么房租不房租的，那都不是事儿。"

"阿姨，这怎么能行，我们签有合同的。"

"就是啊，妈，你别跟着瞎操心了。"

"小萌呢，别看都快三十岁的人了，外表看着冰冷，嘴巴又不会说，实际上，心理年龄还很低幼。不懂得怎么和别人耍心眼儿，玩手段，这样的人呀，说白了就是吃亏的那拨儿。"

"妈，你快别说了，我离三十还有两年呢。"

"霄啊，阿姨就把小萌托付给你了。"

"妈，你这是干嘛呀。"王小萌放下筷子。

檀子霄面露尴尬，他不傻，他知道江彩霞想表露的真实想法不仅仅是她说的这个表象。

他悄悄看了王小萌一眼，她因为着急而涨红的脸显得很健康。

王小萌是一个传统型的女孩子，身材丰满，虽然个子也不矮，但是穿衣服总还是少那么一点气质。说真心话，和他心目中的理想型伴侣还是有一定距离，不过，她当姐姐还是可以的。想到这里，檀子霄又拿她和大姐檀招娣相比，发现王小萌比大姐多出一种说不出来的味道和魅力，这种发现让他为之心动。想到这里，连他自己都吓了一跳。

"霄啊，怎么了？你有别的想法吗？"

檀子霄从碗盘中抬起头说："没有，阿姨。"

"没有就好。周末如果不加班，你们想出去透透气，就买两张火车票回家去，高铁一个多小时，很方便。"

"妈，我看你今天吃错药了，净说些胡话。我吃完了，洗澡去了。"王小萌知道母亲的脾气，改变不了她，只有自己先逃。

王小萌的离开，给江彩霞和檀子霄谈心创造了更好的空间。

大概是家有继母的原因，檀子霄是一个很不喜欢和长辈在一起的人。实在躲不过，基本上也没有什么话，他们说他们的，他只会低头玩手机。他不知道这几天自己是怎么回事，偏偏对江彩霞的话言听计从。

多年以后，和王小萌谈到那个吃过晚饭后的夜晚时，他才知道，檀子霄对江彩霞的尊重，很大程度上是因为王小萌。王小萌身上的特质让他产生了好感，同时他也把她的母亲当成了自己的母亲。

三十一

第二天一早，在江彩霞的要求下，王小萌和檀子霄去车站送她。

檀子霄拉着行李箱走在前面，王小萌故意放慢脚步，低声嗔怪道："妈，您也真是的，我送您不就行了，还让子霄也来，他要是原本有别的事情呢？"

"大早晨能有什么事？再说了，就算有事也可以缓缓再做。"

"你现在怎么变得这么不讲理呢？"

"小萌，小檀是个好孩子，我的眼光准没错。"

"他再是个好孩子，也是我的房客，一个比我小三岁的小屁孩。"

"什么小三岁的小屁孩？俗话说得好，'女大三，抱金砖'，我看啊，刚刚好。"

"哎，妈，你什么时候变得总是俗话长俗话短了？快别乱点鸳鸯谱了。本来我们之间刚刚建立起友谊，挺纯洁的，你这一搅和，我有可能连这个房客都失去了。"

"小萌，要记住，爱情不是一个人开心，而是两情相悦；幸福来了，要及时握在手心里，不要让它溜走。"

江彩霞只字不提找过赵红雷的事，而王小萌也没有问昨天她做过什么。母女俩目的相同：都不想让对方担心，又或者，均在维系着自尊。

临进站前，江彩霞抓住檀子霄的手，往王小萌的手上放。在肌肤接触的一刹那，两个人都有一种被电击的悸动。他们不敢看对方，慌乱写满脸上，不约而同向后撤手，无奈被江彩霞牢牢抓住。

"昨天，我去了趟广济寺，佛祖会保佑你们，不要让我失望。"

王小萌扑哧一声笑了，故作轻松中充满着掩饰。她用另一只手把母亲的手掰开，说："没想到啊，一个退休教师竟然去拜佛了。"

檀子霄脸颊潮红，说："阿姨，您路上注意安全。"

江彩霞拍拍檀子霄的胳膊，转身进了站。望着母亲远去的背影，王小萌长长松了一口气。刚才的猝不及防，让王小萌和檀子霄的关系增加了一丝暧昧。二人都想开口说话，却又不知道该用什么语气，或者说，以什么话题来开始交谈。

"那个……咱们怎么回家？"

"我叫网约车。"

"坐地铁不可以吗？今天又不用上班，不用着急。"

"这……"檀子霄面露难色，但他很快妥协，"走吧，听你的。"

没走几步，王小萌转过头问："嗯，我说……你喜欢看画展吗？"

"看画展？"

"浮世绘版画展。"

"你也喜欢？"

"虽然没有深入了解，不过，我挺喜欢画里的江户。"

"我从小就喜欢漫画，这大概也是我学画画的原因吧。"

“那个，美术馆有个画展，要不要一起去看？”

“行。”

没有什么比一拍即合更让人兴奋的了，两个人眼睛里闪现出从未有过的光芒，并肩走向地铁站。

“真的吗？你再讲讲葛饰北斋。”列车即将停靠，一阵风吹动王小萌的发丝，眉眼弯弯，像极了檀子霄初到北京时看到的紫色玉兰花。

檀子霄为之悸动，目光从王小萌的脸庞移开，他说：“车来了，下车再讲。”

这场名字叫“遇见浮世，博览江户”的画展位于美术馆二楼和三楼，每幅版画前都围着一堆人，有拍照的，也有认真看画的。

檀子霄成为王小萌的私人讲解员，原本只知浮世绘皮毛的王小萌频频点头。她像是看到了另一个檀子霄，这个檀子霄与她没有年龄差，不再是她的房客。

“你知道吗，川端康成曾在他的作品中写过这样一句话：‘美在于发现，在于邂逅，是机缘。’我觉得浮世绘就是这样的一种东西。”

王小萌从《凯风快晴》上转过头，说：“我看啊，你对浮世绘专门研究过吧？绝不仅仅是入门级。”

“也不算专门研究。”檀子霄挠挠头，只好坦白，“前几年我去过一次日本——浮世绘之旅。”

“咦，怪不得呢。”

来到三楼，王小萌站在写有“隅田川、江之岛、富士山、浅草寺、神奈川冲浪里”的红灯笼前，让檀子霄为她拍照。此时的她丸子头代替了马尾，轻薄的夏裙代替了通勤装，一改在公司抑或在家中的死板形象。

"真像一位发光的天使。"檀子霄自言自语。

"你说什么？"

"我说，你很美呀。"

"你怎么和我一样爱自言自语呢？哎，是你手机在响吗？"

在王小萌的提醒下，檀子霄才注意到手机振动的声音。他从口袋里取出手机一看，是熟悉的号码，笑容从他脸上瞬间消散。

王小萌心中一沉，问："谁的电话？公司吗？"

"不，不是。我去接一下电话。"檀子霄有些慌乱，他环顾四周，寻找方便接电话的地方。

在王小萌的注视下，檀子霄径直下了楼，走向出口。

这是展厅，一旦走出大门，就不能再回来。画展还没看完，巨大的失落感扑向王小萌。她不知道来电话的人是谁，但是可以预感得到，一定是对檀子霄来说很重要的人，不方便让她知道的人。

不是公司的同事，这个人究竟是谁呢？

一种强烈的落寞感向王小萌袭来，她回头看了一眼展厅，只见人头攒动，看画的，拍照的，络绎不绝。正犹豫间，她走向楼梯：或许去外面等檀子霄会更好一些吧？反正他也不会再进来。

检票人员没有拦她，只是例行公事般地警告，一旦离场，就不能再进了。

王小萌说了句"没关系"。

展馆外面，天已经变了脸，阳光不再明媚，乌云密布的天空好像要下雨。

王小萌四下搜寻檀子霄的身影，在不远处一家西餐厅门前的等待区终于找到了他。他正用她听不懂的景德镇方言对着手机说着什么，像是在吵架。

王小萌在展馆门前站着，挪不动步。檀子霄转身的时候和她四目相对。她笑笑，向西边指了指，意思是去前面的文创店等他。

檀子霄似懂非懂地点点头。

王小萌的情绪跌入了谷底，刚才还觉得全世界都是她的，如今才发现，一切都是错觉，她在这个世界上并没有可藏身之处。

她清楚地感受到檀子霄的情绪在变化，他的情绪也深深影响到了她。看画展前非常感兴趣的杯子、手账本，此刻仿佛失去了光泽和色彩，拿起来，放下去。她向前走着，原本计划慢慢逛的文创店，很快就转了一圈。

王小萌轻叹一口气，来到门前，与快步走来的檀子霄差点撞了个满怀。

"我……我现在有点事，你一个人逛可以吗？"

"嗯？有事呀？没关系，你去忙你的，不用管我。"

"真没关系？本来说好看完画展我请你看电影的，票都买好了。"

"那还不简单，退掉就好，你有事就去处理你的事吧。"

"晚上……你不用等我，早点睡。"

"嗯。"

"那个，是我二姐，她来北京了。"

三十二

王小萌陪着檀子霄来到黄木厂路，刚好有人从路边出租车上下来，檀子霄钻了进去。

王小萌想摆手说再见，却发现檀子霄并没有看她，于是将伸出的手藏到裙摆后面。司机踩下油门，车离开了。

时间将近中午，天空呈灰色，偶有杨絮不知从哪里飘了过来。王小萌鼻子一阵发痒，捂住口鼻打了个响亮的喷嚏。一个骑自行车的中年妇女刚好经过，用鄙夷的眼神瞪了她一眼。王小萌强忍住另一个喷嚏，低头在随身布包里一通翻找，终于找到一只白色的口罩。她有过敏性鼻炎，每年花粉时节最难熬。再抬起头时，她发现，马路上永不停歇的车流，以及每一个匆匆而过的行人，都有各自的目的地，而她，却不知该将脚迈向何方。

看展的时候，母亲打来视频电话，王小萌以语音方式接听，小声说正在看画展，不方便接电话。

江彩霞得知女儿和檀子霄在一起，立刻要挂掉电话，最后急急忙忙地说，不用惦记她，她已经平安到家。

王小萌对母亲的表现又气又无奈。气的是她的干涉，无奈的是自己没有办法阻止她的干涉。挂断电话，王小萌走向檀子霄所在的方向，只见他正站在月冈芳年的一幅版画前，专注地看着画中的游女（即艺伎）。游女色彩艳丽，照向画作的射灯灯光之下，檀子霄脸庞白皙，鼻梁高耸，更散发出一种说不出的味道，这味道让王小萌的心怦怦乱跳。

"月百姿郭月。"檀子霄说道。

"什么？"王小萌轻轻站到他身边，一时没反应过来他在说什么。

"这幅画。"檀子霄看着画，没有回头。

她顺着他的目光望去，只见春天的月圆之夜，江户时代的吉原仲之町中央大街上，一名看不见容貌的踩着高底木屐的游女正站在樱花树下望向一位小女孩。女孩头戴红色发饰，天真烂漫。两个人站姿相同，只是一高一矮、一远一近，微风吹过，像是下着樱花雨，花瓣落到游女裙裾之上。

"她看的是谁？或许，她在回想年幼的自己吧？"

"也许吧。"

对于画中的游女来说，幼年可能是她最幸福的时光。王小萌知道，幼年对于她和檀子霄来说，无疑是最不愿意提及的岁月。

檀子霄临走之前说去接他的二姐。王小萌知道，这所谓的二姐，是和檀子霄异父异母、没有血缘关系的姐姐，她只比他大几个月。重组家庭的孩子敏感多疑，听檀子霄说，这个名叫刘一娜的女人更是如此。

檀子霄说，小时候看《家有儿女》的时候，特别羡慕刘星和夏雪之间的关系。那时的他内心深处可能也曾经期待过，他和刘一娜也能有那样的亲密关系。然而，现实让他第一次懂得，电视上演的故事不一定都是真的。什么毫无隔阂地打成一片，什么一家五口幸福快乐，全都是骗人的。自从后妈携女进檀家的那天起，她就已经把他们姐弟俩当成"假想敌"了。

想到这些，王小萌不禁替檀子霄担起心来，刘一娜来北京做什么呢？就这样困惑着，王小萌随便找了一个地方吃东西，又去电影院看了那场原本计划两个人一起看的电影。

电影院里人不多，因为是爱情片，看的人大多都是结伴而来，只有她是一个人。

坐在一对情侣旁边，王小萌突然想起斯蒂芬·茨威格的《一个陌生女人的来信》中的一句话："在这个世界上，再也没有比置身于人群之中，却又得孤独生活更可怕的事了。"此时的她深切体会到这句话的含义：影厅里明明不止她一个人，浓郁的孤独感却扑面而来，令她措手不及。

静静地看着电影，思绪却在别处游荡。当片尾字幕出现时，她却不知道电影演了什么，她都看了什么。

王小萌像没有思想的行尸走肉，从电影院走出来，钻进地铁，又从地铁口出来。已至夜晚，天空下起了小雨，如丝如线，虽不至于将她淋湿，但雨打在脸上还是湿漉漉的。她把手从折叠伞上拿开，缓缓向家走去。

王小萌没有胃口吃晚饭，径直来到阳台给幸福的碗里倒了口粮，蹲在地上看幸福咔哧咔哧大嚼，陷入恍惚之中。吃饱了的幸福哼哼着用舌头舔她的脸，她这才清醒过来，找狗绳拴好幸福，下楼遛弯。

幸福喜欢去小区的中心花园，王小萌牵着它却走向大门口，她在过往人群中寻找着，也失望着。而幸福因为找不到平时的伙伴而发出呜咽声。王小萌频频看手机，最后牵着幸福回家。路上，还特意把静了音的手机调成了来电铃音加振动模式。

檀子霄说晚上不用等他，他自己会开门。

于是，王小萌没有反锁入户门，坐在沙发上，拿起没有读完的书，半天过去了，目光还停留在刚打开时的第七十五页。她耳朵竖起来，电梯和楼道里一有动静，就挺直身板，只是所有的声音都不来自他。

最后，她终于放下书和手机，在平板电脑上找了一部喜欢的电影，调整好靠枕的高度，躺了下来。

王小萌不知道什么时候睡着了，只知道睁眼醒来，窗外天已发白。幸福卧在她的脚后正均匀地呼吸着。她拿起靠枕下的手机，没有未读信息、未接来电，而家里也没有檀子霄回家的痕迹。

不安再次向王小萌袭来。檀子霄明明说要回家，为什么没有回？难道发生了意外？

正在犹豫要不要发微信问一问时，手机一阵乱响，振动加铃声打破了凌晨的寂静。幸福也被吵醒，它伸了伸前爪，睁开了眼睛。

是檀子霄发来的信息："本来说好晚上回家的，没想到出了一点小情况，处理完已经太晚了，回去怕打扰你休息。不用担心我，今天我直接去公司，不过，有可能会晚一点到。"

王小萌把这段话翻来覆去看了好几遍，既看不出檀子霄有什么异常，也看不出有什么她所期待的，她输入"嗯"，点击了"发送"。

不管怎么样，没事就好，王小萌自言自语道。她从沙发上坐起来，点开手机里的蓝调音乐，绾起头发，洗漱，做饭吃早餐，简单化了个妆，换上通勤服装，和幸福告别，出了门。

出来得有些早，小区中心花园里，小鸟在枝头叽叽喳喳地叫着，一位七十多岁的老人在健身器材上摇晃着双腿。太阳虽然还没出来，但能感觉到天气不错。

向往已久的明媚阳光终于要来了。

王小萌走在甬道上，哼起了她从小就喜欢的周杰伦的歌曲，遇到外出买早餐的邻居，甚至还点头问好。

到了公司没多久，桌上的电话响了，韩维维拿起听筒，接着一脸惊恐。她示意王小萌来接，还无声说着一个人的名字，王小萌没弄明白，狐疑地接过电话。

"你好，我是王小萌。"

"你来我办公室一趟，现在。"带着一股洋味的声音顺着电话线传来。王小萌正要问"请问您是哪一位"，电话被挂断了。她举着话筒，一脸莫名其妙的表情。

"让你干吗？"

"谁？"

"林豆豆啊！"

韩维维的话提醒了王小萌，她倒吸一口凉气。怎么会是她？怎么会越过 Kate 直接打电话给她？她想不明白原因，向前走了几步，然后转身拿起桌上的笔记本，一路揣测着向十九楼林豆豆的办公室走去。

敲门后，一句英文传来："Come in!"

三十三

"你就是王小萌？"林豆豆靠在椅子上，睨视着王小萌。她的上衣紧紧勒住腹部，以便让胸部更加挺拔。她吐出一个椭圆形的烟圈，暗黑色的指甲与肤色出奇一致，竟凸显出烟的白。

"是的。"

"这个方案是你做的吗？"

林豆豆左眉上挑，把一个文件夹丢到桌上，将剩下一半的香烟摁在一个卡通造型的烟灰缸里来回碾着。

王小萌拿起来看了一眼标题，刚张嘴，只听林豆豆说道："你在公司干多久了？"

"三年多。"

"这么说，你进公司，是 Leo 帮你运作的？"

"什么？"

王小萌一脸惊诧，她惊的是林豆豆把她的入职与赵红雷绑到一起。

"不是吗？他可是你的同乡。"

"我来公司应聘的时候，并不知道他在这个公司工作。"

"那你的意思是，你应聘的时候，你们已经认识了，只是刚好他在而已？"

"这……"

"既然认识，又是同乡，当然可以帮你运作咯。"

"你想错了，我来公司，没有任何人帮我。"

"我还想知道，你为什么要缠着他不放？"

"什么？"

"他不是已经告诉过你，他不喜欢你，那你为什么还让你的母亲来找他的麻烦？"

"我听不懂你在说什么。"

"这么简单的中文你都听不明白？你还怎么在我们公司干？走人好咯！"

王小萌想起了母亲打赵红雷的那天，赵红雷在电话里对她说过的话。他说为了和林豆豆解释，只能说他对她无意，只是她一厢情愿。

赵红雷的话在耳边回响，也难怪林豆豆会说出刚才这番话。

王小萌因为不知道怎么接下一句而气得浑身打哆嗦。果真像妈妈说的那样，她最没用，不会和别人争吵，只有挨怼的份儿。檀子霄的预感真准啊，这个公司真没有办法待下去了。

想到这里，王小萌仿佛凭空又来了勇气：反正不能干下去了，但是就算是副总，辞退员工也要按程序办事，她能把我怎样？想到这里，原本弯腰弓背的她挺胸抬头，放下原本交叉在一起的双手。她看向林豆豆：精心描的眉眼透露着刻薄，嘴角带着嘲弄的笑意。她不自禁想起赵红雷，冷笑了一声：果真还是他们两个最般配。

一个卑鄙，一个无耻！

"林副总，现在是工作时间，我不明白您为什么在工作时间找我谈个人私事。您有国外生活的经历，不知道员工有个人隐私吗？我现在告诉你，刚才你的疑惑，我无可奉告。"

林豆豆一下子从椅子上跳了起来，说："你……"

"还有，关于这项工作，我想告诉您的是，这是我们部门共同的产品，不是我王小萌一个人做出来的。假如这个产品有问题，也请您去找我们部长谈，而不是找我这个小小的组长。"王小萌说完，不等林豆豆回应，转身离去。

她听见林豆豆在身后抓起电话："Leo，你在哪里？到我办公室，对，就是现在！"

王小萌边走边解锁手机屏幕，点开微信，将赵红雷拉黑。

尽管林豆豆一心想从公司铲除王小萌，但是王小萌知道，自己不主动离开，林豆豆照样拿她没有办法。

要不是有房贷，或许她真会一走了之，然而，日子还要过，没有钱怎么过？在走回工位的路上，她快速理清思路：错不在她，她为什么要逃？不管怎么样，在找到出路之前，还是要先忍一忍。

韩维维好奇地凑了过来，问林豆豆找她什么事。

王小萌吞吞吐吐，随口找了一个理由塘塞了过去。当然，刚才发生的事情，她根本也说不出口。

王小萌一系列反常的反应，更加重了韩维维的好奇。她在手机上快速摁着字。与此同时，喜欢一起吃瓜的沈东龙的手机响了。

王小萌完全不去理会韩维维的反应，现如今，能管住自己的情绪就不错了，又怎能去要求别人呢？

身正不怕影子斜，旁人爱咋说咋说，反正早晚她也要离开这家公司。尽管王小萌下定了决心要离开，手头的工作该干还是要干。重新忙碌起来，王小萌暂时忘掉了眼前的难题。

待回归现实的时候，已是子夜时分。她打了一个哈欠，扫视办公区域，韩维维做完手头工作已先行回家，陪她的只有在自己办公室伏案的 Kate。

而她对面的桌子整整空了一天：檀子霄没有来上班。

王小萌这才拿起手机，微信里亮着一堆小红点，同学群、公司群、物业群，还有她之前加的一些兴趣爱好群。她向上推着信息列表，和檀子霄的对话框还停留在凌晨她回复的"嗯"上。

她开始编辑文字：

"你现在在哪里？"

"怎么今天没来上班？"

"怎么，事情还没有处理好吗？"

"晚上回家吗？"

"用给你留门吗？"

输完一句话，觉得不妥，删掉，又重新输，如此这般，直到改成最后这句："用给你留门吗？"

她的手指刚放到发送键上，只听身后传来 Kate 的声音："小萌，你怎么还没有走？"

王小萌把手机扣到桌上，对 Kate 说："您不也还没走吗？"

"谢谢你陪我。"

Kate 左手臂搭了一件卡其色风衣，右肩背着香奈儿的链条包，短发、高跟鞋、短裙，透着让王小萌一直羡慕的干练。

"我手头也正好有一些工作。"

"一起走吗？"

"不了，咱们不顺路。"

"我可以送你。"

"不麻烦您了，那样您回到家就太晚了，谢谢 Kate。"王小萌笑着说。

"也好。如果不要紧，就早点回去，咱们明天见。"Kate 拍了拍王小萌的肩膀，向电梯走去。

王小萌打了个哈欠，整理桌上散落的物品，关掉电脑。偌大的办公区域，只有王小萌所在工位还亮着灯。她看向四周，心跳不禁加速。

楼道里的灯是声控的，走过去，后面的灯会自动灭掉。明暗之间，王小萌脑海里依次出现之前看过的恐怖电影画面，一帧帧像是放慢了播放速度，让她总觉得身后有什么东西，却又不敢回头确定。她一路小跑着冲向电梯，楼道里传来她凌乱脚步的回声。

她开始懊悔刚才没有和 Kate 一起下楼，她从来没有一个人走得这么晚，也从来没有一个人走夜路。王小萌进了电梯间，夜晚的电梯仿佛变得更加衰老了，嘎吱嘎吱的声响，忽明忽暗的灯光。早就有人向物业反映过，可是物业至今没有派人维修。

王小萌左手紧紧抓着手机，用另一只手摁了楼层键，手机屏幕亮了，是一条微信："你怎么还不回家？发生什么事了吗？现在在哪里？"

是檀子霄发来的微信，王小萌的眼眶瞬间湿润了。

三十四

王小萌看着檀子霄发来的文字，没有回复，直接拨出语音电话。她目视右上方显示楼层的数字，听到了自己强有力的心跳声。对于黑暗，她过于害怕，导致与"拯救者"接通电话的时候，自己虚脱般没有力气。

"喂？"

"你怎么了，生病了吗？现在在哪里？"相反，檀子霄的声音焦急而有力。

"我还在公司，在公司电梯里，灯坏了，他们也不修……"说着说着，王小萌竟哭了起来。

"别怕，你别离开写字楼，等着我，我去接你。"

"你从家里过来，时间太久了，我搭地铁回去就好。"

"我的傻姐姐，也不看看现在几点了，末班车已经没了。"

"那我叫车。"

"不行，太晚了，不安全。"不等王小萌回复，檀子霄接着说，"我都答应了阿姨，要好好保护你。听话，到大堂保安师傅那里等我。我很快就到。"

挂断电话，一层也到了，王小萌走出电梯。大堂的灯很昏暗，旋转门已关闭，值班保安正在值班室里打瞌睡。她不好意思打搅他的美梦，靠墙站着，随后又抱着包蹲到地上。

这期间，她和檀子霄一直用微信进行联络。大概他担心她会害怕吧，所以在微信上问她，昨天他走了之后，她都干了些什么。王小萌回答一个问题，檀子霄就用表情包回复，接着，再问一个新的。如此反复了好几轮。

过了一会儿，王小萌看到他发来"你看大门"，急忙抬头向外望去，只见檀子霄正趴在玻璃上向她扮着鬼脸。

值班保安很不情愿地从值班室走出来，说："怎么加班到这么晚，不辛苦吗？年轻人，要多注意身体啊。别以为猝死的只有上了年纪的人，现在年轻人一样得老年病。"

为了表现得态度端正，王小萌一直用"知道了，感谢您的提醒，我会多加注意"这样的话回应。

保安把边门打开，檀子霄出现在王小萌的眼前，只见他已经不是昨天分手时的穿搭，而是以一身棉麻休闲服装示人。更明显的是，他的头发明显理过，身上还有一股淡淡的古龙水味。

王小萌看到檀子霄眼睛里的自己，她不再恐惧，而是找遍所有的说辞，想掩饰刚才在电话里的失态，她问："哎？你这身衣服我怎么没见你穿过，是今天新买的吗？"

"你今天的衣服，我也没有见你穿过，也是新买的吗？"

"去去，什么时候学会鹦鹉学舌了？你身上有股香味，难不成沐浴更衣后才来接我？"

"姐，沐浴更衣？你当自己是尊菩萨吗？"檀子霄说完，被自己的话逗乐了，王小萌捶了他一拳，也跟着大笑起来。

王小萌笑完才发现，其实檀子霄是一个幽默风趣的人，时不时口出金句，让她捧腹。赵红雷呢？和他在一起的三年时间里，这样的情况发生过几次？现在想想，竟然一次也记不起来。

想到这里，王小萌脱口而出"噢，天哪"，她为自己又不由自主拿檀子霄与赵红雷作比较而感到羞愧。

檀子霄不明就里，疑惑地问："想什么呢？"

"没，没什么，好像有盏灯忘记关了，光顾着害怕，我可真没出息。"

"这怎么会是没出息，怕黑很正常。别说是你，我自己大半夜在空无一人的写字楼里待着，也会害怕。"

"真的吗？"

"当然。"

"你不是说晚点到公司吗，怎么今天一天没来？"

"嗯……我二姐，她……非要拉着我逛商场，她说北京的衣服比景德镇还便宜。我推不掉，所以只好请了假。"

"请假？"

"我给 Kate 打了电话。"

"哦。"王小萌突然感到一阵失落，低头不再说话。她在想檀子霄为什么不给她发微信，让她白白担心一天。尽管到晚上才有时间想起，可那也是一天啊。

反过来，站在檀子霄的立场，他不和自己说，貌似也是正常的。她的身份不就是一个小组长而已嘛，又不是掌管考勤的领导，有什么资格要求他向她请假呢。

哦，她还有一个身份，那就是房东。一个房东又有什么资格干涉房客的个人生活呢？想到这里，王小萌原本高涨的情绪，就这么滑落谷底。原来，对于檀子霄来说，她什么都不是。既然如此，她又为什么会对他心动呢？

感情的事，可真是奇怪，一旦两个人不同步，就像是一条坏掉的拉链，无论怎么用力都咬合不到一起。就算硬拉上，最后还是会分开。

她和赵红雷不就是一个很好的例子吗？

王小萌情绪的变化，被檀子霄看在眼里，只是他不知道是哪句话惹她不高兴了。

于是，原本融洽的氛围，像是被一阵看不到的风吹散了，两个人又变回两天以前的样子。

"我们就这样走回去吗？"王小萌淡淡地说。

"打车吧。"檀子霄下意识地捶了捶右腿。

别人都是坐在椅子上抖腿，他却是捶腿捏腿，这大概也是小时候养成的不良习惯之一吧，王小萌想。

因为不是主路，夜晚的大街上几乎没有几辆车。两个人站在路边等了好久，还是看不到出租车。

檀子霄用手机寻找网约车，下了单。他看着车辆定位图，说："我们就在这里等一会儿，还有四公里车才能到。"

正是一个十字路口，夜晚的风有些凉，只穿了一件衬衣裙的王小萌抱紧双臂，来回踱步、跺脚。

"冷吗？"

"有点。"

"来，穿我的西装。"

"不要。"

"为什么？"

"你没有衣服，不也会冷吗？"

"我里面还有一件衬衣呢。"檀子霄不由分说，脱下那件米色休闲西装，披到王小萌的身上。

王小萌又闻到他身上的味道，是男人独有的淡淡的幽香，她一阵悸动，不禁抬头看向他，不巧正好看到他的双眸，竟也闪闪发光：檀子霄同样目不转睛地注视着她。她的心像小鹿乱撞，羞涩地低下头。

　　檀子霄双手托起她的下巴，低头吻了下去。

三十五

网约车行驶到附近，停靠在路边。王小萌从惊慌失措中回过神儿，夜色渐浓，脸颊的绯红被黑暗掩盖。

一路上，二人分别望着窗外想着什么，王小萌竟不敢看檀子霄。

进了家门，檀子霄摸了摸迎接他们的幸福的头，对王小萌说："我们聊聊？"

王小萌说："我还没有想好，不知道怎么聊，太晚了，还是休息要紧，明天还要上班。"说完，她不由分说地进了卧室，将房门关上。

檀子霄也觉得很意外，他不知道自己为什么就在那个刹那，低头吻了她。他用舌头舔了下嘴唇，露出笑意，他能感觉得到，当时她没有拒绝，好像还有点期待。

冲动？不完全是。双方都有意？水到渠成？檀子霄不敢妄下判断，回到房间，他靠在床头，睁着眼睛，没有睡意。

想完王小萌，他又想起了二姐。二姐带着苏海棠来的，后者是他的初中同学、父亲给他找的未婚妻。

林豆豆回国以后，一直想请毕国凯全家吃饭。约了好几次，不是毕国凯没有时间，就是米娅身体不舒服。前者是真，后者却是米娅的托词。

自从知道林豆豆不仅是毕国凯合作伙伴的女儿，而且还是毕国凯在英国留学时的师妹，米娅就觉得那天在机场过于鲁莽和草率，她担忧和林豆豆再次见面时会被她认出来。

这天中午，毕国凯给她打电话，说晚上的行程刚好空出来，就是吃个饭，不会太晚。

米娅只好在电话里答应参加，硬着头皮去吃。就餐地点定在一家主打美国菜也提供英式下午茶的餐厅。毕国凯没有时间回家接她，米娅自己开车前往。

走进包间，林豆豆和赵红雷已经到了。米娅摘下墨镜，毕国凯做介绍。

林豆豆指着米娅，对赵红雷说："好眼熟。是你……"

毕国凯很惊讶，说："这么巧？你们认识吗？"

米娅有些尴尬，用手弄了弄刘海儿。

"嫂子，来，坐这里，挨着毕总坐。"赵红雷站起来打圆场，"是这样的，毕总，我和豆豆订完婚从上海回北京，在机场刚好碰到嫂子，她说她去接人，后来认错人了。"

米娅瞪了赵红雷一眼，说："什么？认错人？"

赵红雷赶紧冲她使眼色，乞求她帮忙，互相打个圆场。

米娅强压住性子，笑了几声，不再说话。

赵红雷觉得，这份默契只属于他和米娅，没想到，这一切，早被林豆豆看在眼里。

米娅虽然对赵红雷心存芥蒂，打心眼儿里不喜欢林豆豆，但是碍于老公的面子，不好再表露出恶意。米娅是个头脑灵活的女人，她会快速判断出局势的利弊。林豆豆和毕国凯在利益上往来频繁，不好得罪。

米娅爽朗地笑着说："我就说嘛，'大水冲了龙王庙'。早就听我老公提起你，说在国外那几年，你们互相帮助。真好，终于回国了。要我说，还是国内好，离家人近，文化习惯也一样。一不会遭到歧视，二在安全方面，还是国内让人放心。来，咱们先以茶代酒，欢迎林小姐回家。"

面对米娅的瞬间转变，赵红雷反倒不太习惯了，他结结巴巴地端起茶杯，一再表示感谢。

在等待上菜的时候，林豆豆很快进入了角色，她没有拒绝米娅的示好，一边对毕国凯曾经对她的照顾赞不绝口，一边说英国的种种好。她发出感慨，要不是迫不得已，她才不回国呢。她还纠正米娅的认知："虽然在国外，难免会因为肤色不同，遭受一些区别对待，但是整体上来说，发达国家的自由是不可比拟的，连空气都和国内不一样呢。"林豆豆闭上眼睛，深吸了一口气，仿佛在回味曾经的生活。

米娅蹙了一下眉头，内心一阵厌恶，脸上却面带微笑，说："真有那么好？我家国凯回来后，怎么没有和我说过呢？难道，你们没生活在一片天空之下？"

毕国凯一笑，赶紧把话题一转，说："老婆，豆豆订婚咱们没赶上，等到结婚时，一定要给他们包一个大红包。"

赵红雷代表林豆豆表示感谢，和毕国凯讲述在上海的种种。

林豆豆没有理会这些，沉浸在自己的世界里，指着沙发上的包说："限量款，我只去地斯特买，保真还便宜。"

米娅笑着说："有机会我一定去。"实际上，米娅心里暗戳戳地想：去打折购物镇买过季货，谁稀罕！坐那么久的飞机不说，还要倒时差。据说英国医疗流程很繁琐，万一有个感冒发烧，小命都有可能搭上。我找人代购不行吗？买国内专柜的当季货不好吗？

毕国凯业务繁忙，吃饭时总有电话打进来，赵红雷就变成了米娅和林豆豆的听众。毕国凯挂断电话，跟不上她俩的聊天。好不容易听明白聊到哪儿了，刚想发言，电话又打进来了。如此一反复，他竟然看起手机来：国际形势，财经新闻，热点信息……刷刷朋友圈，点几个赞。因为工作繁忙，他很少对家里的事情关心，对于米娅和他说的王小萌的事情也完全记不住。大部分时间，他看着手机，米娅在旁边"伴奏"。应付的同时，他也问一问没听懂的内容，再接着，他就靠在床头睡去。所以王小萌被赵红雷甩，赵红雷和公司副总闪订婚，对于毕国凯来说，都像是吹过的一阵风，当下感慨一番，第二天一觉醒来就忘掉了。

赵红雷和谁结婚，毕国凯都没有意见，他没有米娅那么强的代入感，他心里只有生意上的事。

林豆豆是林永泽的私生女，虽然没有正妻生的那几个地位高，但是不代表林永泽对其不重视，不宠爱。在英国的相遇，奠定了他们的友谊，毕竟生意场上也需要朋友。

毕国凯看着米娅和林豆豆聊天，很明显，他看得出米娅更胜一筹，不禁深情地看向他的爱妻。

而赵红雷一边倒酒倒水，一边聚精会神地看着未婚妻和米娅过招，手心里全是汗。

三十六

王小萌整宿没睡好，心情像是坐过山车，忽上忽下。

回想与檀子霄结识以来的点点滴滴：他陪她喝酒的那个晚上，他对她的情感遭遇不加评判，始终像个局外人那般冷静；他和王星星打成一片，母亲对他也偏爱有加……仿佛他先由她的家人验证过，最后家人们才把他转到她这里。

然而，她对他却知之甚少，他很少说自己的事情，她也不问。直到这两天她才知道，他的原生家庭和她一样都是残缺的。

母亲临走时，说他是个好孩子，让她好好抓住他。大概就是这样的暗示，才让王小萌真正开始留心观察这个房客兼实习生。

他年轻，有思想，对时尚有着天生的敏感。更重要的是，他感情细腻，体贴人。他的眼神深邃、炙热，每一次和他对视，她都为之悸动。在他的眼睛里，她偶尔还会看到一闪而过的忧郁。

檀子霄从没有对她说过自己有没有女朋友、感情状态怎么样。大概是没有吧，这是王小萌的直觉。要不然刚才怎么会主动吻她呢？王小萌用手摸了摸嘴唇，仿佛檀子霄的唇温还在。她拉起夏凉被的一角，盖在嘴上，莞尔一笑。

凌晨时分，当王小萌还在昏昏欲睡的时候，只听见幸福叫了几声，接着开门声音传来，入户门打开又关上了。

她的眼皮很沉，大脑却被立刻唤醒。她平躺着聆听外面的动静，一片寂静，只有冰箱传来压缩机仍在工作的声音。

王小萌开门来到客厅，灯关着，窗外微亮，冰箱上有一枚冰箱贴，是王星星参加咖啡师培训班的结业礼物。临走的那天晚上，他送给了檀子霄，那是一杯冒着热气的咖啡。在它的下面，压着一张浅蓝色的便笺，很醒目。

王小萌走过去，是檀子霄写的："可能晚一点到公司，好好吃早餐。"最后是他画的一个笑脸。

王小萌很想知道檀子霄这么早出门的原因，当她看到他画的笑脸时，内心彻底融化了。

她惊讶于自己的变化。

不久前，她还在情感泥沼中不能自拔，如今，却又有了朦胧的期许。果真是感情的伤需要用新感情来覆盖吗？她摇摇头，想让自己清醒一些。

还好，当天工作不算太多。整整一上午，王小萌都魂不守舍，每一次抬头，目光总会在对面无人的桌椅上停留。

时针指向十一点，她再也坐不住，给檀子霄发送微信："事情还没有处理好吗？用不用我帮忙？"点击"发送"后，手机屏幕依旧亮着，王小萌紧紧盯着，生怕错过什么。很久都静悄悄地，他没有回复。随后，她把手机翻转后放到桌上，期待手机突然振动。

然而，还是没有。

二十分钟后，她又拿起手机："怎么？就知道和你上司请假，房东就不理了吗？"

王小萌的心情变得极其复杂，失落和愤怒占据了整个内心，甚至还夹杂着一种无缘由的被欺骗的感觉。

檀子霄第一次看到王小萌发来微信的时候，正在宾馆的大堂里等刘一娜和苏海棠下楼。

昨天在美术馆和王小萌看画展，是他来北京后最幸福的一天。他想不到有一天会成为一名房客，还和房东住在一个屋檐下。更想不到，竟还和房东的关系这么近，又对她产生了好感。尽管他极力不承认这份微妙的感受，但是事实总归是事实。

他和她认真规划了一天的行程，看画展、吃饭、看电影……万万没想到，一通电话将这份美好吹得烟消云散。

二姐刘一娜来了，还带来了苏海棠。

他内心的想法当然是避而不见，没想到身体却给出了相反的回答：必须面对。

刘一娜见他的第一句话，就是当着苏海棠的面呵斥他："为什么离家出走？让家人担心？让海棠为难？赶紧回家和父亲道歉，该干什么干什么。"

苏海棠一脸尴尬，低头看着脚尖，然后抬起头看向周围的人群。

檀子霄不想看她，但是眼睛的余光依然能扫视到她。她身材娇小，目光中透出一股坚毅。

父亲说，苏海棠有着不一般的经商头脑，别看他们家的公司还是她父亲挂帅，实际上，独生女苏海棠已经接手。外出谈判，都是以苏海棠为主。

檀子霄打量着眼前这个女人，他完全不能把她与上初中时那个趴在桌上睡觉的小个子女生联系到一起。那时的她和现在的她就像是两个根本不能重合、完全不相干的两个人。

刘一娜和苏海棠逛了一下午商场，他变成一名侍从，帮她们拎包，帮她们打车、开车门、关车门。报酬是一身高档的棉麻材质西装，米色，这身衣服让他的肤色显得更加柔和。

苏海棠看着他，掩饰不住嘴角的笑意。

晚上，檀子霄带她们去了一家京味餐厅。刘一娜爱喝酒，苏海棠滴酒未沾。席间，他和苏海棠没有交流，他们听刘一娜一个人高谈阔论。

下榻的酒店就在餐厅楼上，苏海棠还没有吃完，就说身体有些不舒服，要回房间一趟。刘一娜问要不要陪她，苏海棠说，只想一个人去，让他们姐弟俩好好聊聊。

刘一娜喝了一口酒，嘴唇上的口红已经在吃吃喝喝中没了踪影，眼珠转来转去，看着桌上剩下的烤鸭，说道："俗话说，'宁拆十座庙，不破一桩婚'，感情的事，劝合不劝离，所以，我的立场和爸爸一样，希望你回家，听从安排，完成联姻。爸爸的脾气，你又不是不知道，不光你大姐的婚姻，据说，你小姑的婚姻也是他做的主。你以为你能逃得过去吗？就算你逃到天涯海角，终有一天也会被他找到的。老天爷好像也在帮他，你逃不出国，更逃不出他的手掌心。现在想想，我挺幸运的，和他没有血缘关系，他不好管我，所以没有经历你的痛苦。可是，我也不知道到底什么才叫幸福。"

檀子霄不想说话，看着她。刘一娜所说的幸福，他知道是什么含义：她自己寻来的爱人一无所有。至今，他们夫妻二人都在檀家的窑厂做事，帮助檀家打理生意。

三十六

187

三十七

"不过，话说回来。婚姻和爱情一样，是两个人的事，外人再干涉，也不能代替其中一方过日子。你的婚姻你做主，爸爸再逼你，最终也需要你亲自去民政局领结婚证。你要是死都不去，他又能怎么样？"刘一娜清醒地看着檀子霄，"人我给你带来了，你自己解决。"

"她不是也挺乐意嫁给我的吗？我怎么可能说动她放弃我？"

"我问海棠了，她说你们根本没有联系过，她没有你的微信，你也没有给她打过电话。谁告诉你她愿意和你结婚的？"

"我爸、我大姐，还有你妈。"

"你亲自问过她吗？"

檀子霄迟疑了一下，声音低下来，说："没有。"

"这不就对了嘛。"刘一娜意味深长地说，"你自己看着办吧。"

檀子霄拿起水杯喝了一口水。刘一娜的一番话，看起来是为他好，实际上她有自己的目的。檀子霄很清楚她的为人，功利心极强，只做对自己有利的事。

大姐嫁人后，在公婆家生活，不再参与檀家的事务。刘一娜夫妻俩就接替了大姐的职务，在窑厂负责销售。在外人看来，他们就是父亲檀仕达的左膀右臂。只有檀仕达清楚，他在慢慢被架空，所以他急切地希望儿子能接手管理，好让他辛苦一辈子的基业得以存留。

刘一娜也很清楚父亲的规划，一旦檀子霄与苏海棠联姻成功，就意味着她要让出管理权。

她想让吗？并不。

对她有利的事是什么？那就是想尽一切办法来破坏这桩婚事。檀子霄离开景德镇来北京，正是刘一娜一番看似无心的话才促成的。

没想到，此时的她又给他带来了苏海棠。檀子霄的心情变得复杂而沉重。

这时，苏海棠从远处出现，她换了一身衣服———件无袖长裙，化了淡妆，脸上没有檀子霄想象中的害羞，而是义无反顾的坚定。

"我们要去体验一下京城的酒吧，你不作陪吗？"刘一娜叫来服务生结账。

"这么晚了……"檀子霄看了看手表，眼前出现王小萌的影子，愧疚感涌上心头。

"那随你咯。"

虽然对眼前的这两个女人没有好感，但是出于责任心，檀子霄并不想看到她们在陌生的城市发生什么意外。

"我不陪着怎么能行呢？"

三里屯酒吧很多，檀子霄到北京的第二天，夏正宇和淇姑娘就带他体验了一把。年轻人来到北京必须去逛三里屯，它仿佛成了一种文化的象征。

刘一娜是个开放得不懂拘束的女人，这一点，她像她的母亲：虽然容貌不出众，但是很有桃花运，身边总会有男人围着。进酒吧时间不长，就有男人上前搭讪，这令檀子霄百思不得其解。

檀子霄对初中毕业后的苏海棠一无所知。酒吧里灯光昏暗，他在暗处偷偷观察着她。

相对于刘一娜，苏海棠显得很安静，总是用一双眼睛静静地看这个世界。不知道是因为不了解不轻易发言，还是想保留自己的意见，总之，在外人眼中，她是一个矜持的女人。

不管是哪种角度，檀子霄对她完全不来电。一想到父亲的安排，他便打心底里生出一种厌恶，继而将目光转向别处。

来酒吧前，刘一娜对檀子霄说的话，让檀子霄沉浸在"面对现状，究竟应该怎么办"之中，酒吧的嘈杂仿佛离他很遥远。

是让刘一娜夫妻俩继续掌控檀家企业，还是他委曲求全，和苏海棠结婚？

檀子霄从未想过，自己的婚姻会与家族的命运绑在一起，变成一道二选一的选择题。

时间越来越晚，两个女人都没有离开的意思，刘一娜成了唯一的主角，苏海棠默默注视着她，转动着手中的一杯白开水。

除了思考如何解答"选择题"，檀子霄不停地看时间、看手机。中午走得匆忙，他告诉王小萌不要等他。现在已经凌晨，回家会不会惊扰到她？

在酒吧待到凌晨四点，刘一娜醉得一塌糊涂。檀子霄把她搀扶上了出租车。在苏海棠的要求下，檀子霄一同前往酒店。他在刘一娜给他单独开的房间里从早晨睡到天黑，醒来时才发现隔壁房间已空无一人。刘一娜发来微信，说和苏海棠去做护理，让他明天再来。

檀子霄洗漱后，忐忑地回了王小萌的家，之后，就有了去公司接王小萌的那一段。

现在，檀子霄在酒店大堂等刘一娜和苏海棠二人下楼。

刘一娜说自己已经买好了回景德镇的机票。这时，檀仕达的视频电话打了过来。刘一娜立刻变了一种语气，亲切地叫了一声"爸"，主动说已找到子霄。不得已，檀子霄接过手机，只见檀仕达正坐在客厅的罗汉床上，一脸肃穆。后妈刘芸芳在他旁边，温柔地提醒他要注意身体，万不可动气。

檀子霄让自己的面孔在镜头里只出现一秒钟，随后额头以上占据整个画面。

"你在北京也差不多待够了，赶紧回来，别让海棠等你等得那么辛苦，海棠可是一个好姑娘。"

檀子霄看了看刘一娜，她的眼睛正躲避他的目光望向酒店大堂。他这才明白过来，原来苏海棠来京，父亲并不知情。

刘一娜抢过手机，说了一句："爸，你放心好了，小霄很快就回去。妈，你好好照顾我爸。"

根本就不是亲爸，却在走进檀家那天起，就一口一个"爸"叫到现在。刘一娜的这种本领，一直让檀子霄自愧不如。

"刚想起来，我上楼取个东西。你们俩先待着，我马上下来。"刘一娜挂了电话对檀苏二人说道。

"咱俩谈一谈？"苏海棠轻声说道。

三十八

王小萌的信息刚好发来："怎么？就知道和你上司请假，房东就不理了吗？"

檀子霄的心像被什么敲了一下，他没有看苏海棠，而是盯着手机，说道："我已经有喜欢的人了，希望你能够理解。"

苏海棠低头笑了，抬起头，细长的眼睛好似月牙儿，她说："那可就太好了。"

檀子霄吓了一跳，抬头怔怔地看向她，他不明白"那可就太好了"的含义。

上初中时的苏海棠突然出现在他的脑海中。课间，他去讲台擦黑板，坐在前两排的女生看到他，于是相互打闹起来。他看到那个叫苏海棠的女生害羞地笑着，看不见眸子，和现在一样。

苏海棠不知道此时的檀子霄正在回忆过去，那是有她的过去。她脸上挂着恬淡的笑，说："这次来京，其实不是伯父的意思，是我找到二姐，请求她陪着我一起来的。二姐不好撒谎，只好和伯父说来北京找你。"

檀子霄越听越糊涂，他不知道苏海棠说这些话的真正目的是什么。

"从哪里说起呢？去年刚入冬，有人提出让我和你交往的建议。说真的，当时我还是有所期待的，我想起了我的青春，那时曾经做过的梦，对未来爱人的，对未来家庭的，当然，也有一些不切实际的，比如当一名驯兽员。你不要笑我，因为我从小喜欢小动物，所以才有这样的愿望。再说嘛，小时候的我，很爱做梦。"

檀子霄笑着看向窗外，他想起苏海棠的外号"睡虫"。

"那个时候我很喜欢睡觉，仿佛怎么睡都睡不醒，尤其在听不喜欢的老师讲课的时候，可真是听催眠曲呀。"苏海棠像是看穿了檀子霄的心，"但是，我现在指的爱做梦，并不是仅指在课堂上睡觉时做梦，而是指我内心有一份渴望。"

"那个年龄，都爱做梦。"檀子霄陷入回忆，初中的他心里只有足球，下了课就去操场上疯跑；放学后，会和同学一起去踢足球，仿佛浑身有使不完的力气。和美丽的认识，那是上大学以后的事情了。

"我虽然个子矮，但是偏偏喜欢个子高的男生。那时候的你，坐在倒数第二排，个子比一般的男生高一些。"

檀子霄的意识回到苏海棠身上，他不禁坐直身体，像是可以再长高几厘米，他点点头说道："虽然我现在并不算高，但在上初中的时候，确实算是高个子的男生。"

"是呀，与其他男生相比，在我的眼里，你就是那个样子，高高的，很帅气。尤其从操场上踢完球回来，浑身洋溢着一种朝气。我把这种朦胧的感觉告诉了同桌，她说我恋爱了。"

檀子霄笑了。

"你别笑呀，那时候的我，真的什么都不懂。我只觉得，这个世界里除了我，只有你，我的眼中再也没有其他人。然而，我又害怕和你有眼神的交流。原本我们的座位就离得很远，我就更不敢奢求能和你说上一句话。"

"我根本不知道……"

"我知道你不知道，我觉得自己就像一只丑小鸭，你的'不知道'正是我想要的。我害怕被你知道后拒绝，所以我只想沉浸在幻想中，想看到你在不知情的情况下对我微笑。"

檀子霄看着苏海棠，苏海棠却没有看他，而是看向窗外。苏海棠接着说："那时候，每天去学校，和你在一间教室，听同一位老师讲课，和同学说话，真就是我最大的幸福。我所有的心思都在你身上，我期待听见你在后面与别的同学打闹的声音，期待看到你在操场上奔跑的样子，期待每天的黑板都是你去擦，如果那样可就太好了。还期待，你进教室后，与我四目相对，对我微微一笑。在一起学习三年，我们没有过深的交谈，可是你却一直在我心底，我认定你就是我的唯一。到了初三那一年，我开始期待能和你上同一所高中，依旧在一个班级，还像那时一样，我在第一排，你在我的身后。然而，事实很残酷，我们的成绩就像我们的座位，你的成绩那么好，而我的成绩却是倒数。"

檀子霄的思绪跟着苏海棠的诉说回到中考前的日子，他好像想起来了，第一排的女生都有谁，心里默默念着几个人的名字，最后才不确定地念出"苏海棠"。他摇摇头，或许吧，为什么自己一点印象也没有？

"很正常啊，你去了好高中，我因为连高中都考不上，被爸爸安排上了一所职业学校，也为进入我们家族企业做准备。"

"其实，现在看来，你的选择是对的。上了高中，念了大学，有什么用？最终还是要走向社会，一样要找工作。"

"最初，我很不习惯没有你的日子，差点被老师认为是患上了抑郁症，他们通知家长把我接回家。"

　　"真是对不起，我不知道……我会让你这么痛苦。"

　　"不怪你，这怎么能怪你呢，这是我自己的事情，我的爱。从你对我微笑的那一天起，我就知道，今后我不会奢求你对我怎么样，我只在乎我对你怎么样。班主任告诉我爸妈，说这孩子需要去专科医院看看医生。我妈抓着我的手哭，我爸站在窗口抽烟，后来他接了一个电话。我猜是一个经销商，因为货品瑕疵对他出言不逊，我爸一再赔礼道歉，对方依旧不依不饶。你知道，对于企业来说，顾客是上帝，那时候我家的窑厂规模不大，正是起步阶段，他肯定不敢得罪经销商。我学的是市场营销专业，我懂。就是在那个刹那，我醒了，我知道，自己不能再这样继续下去，我要学会承担责任。"

　　"于是，你变了……有目共睹，连我父亲都说你是商业奇才。"

　　"伯父过誉了，我一个职业院校毕业的大专生，怎么能称得上是商业奇才？如果真是这样，这商业奇才的门槛也太低了吧。"

　　"和你比，我差远了。"

　　"因为我过早进入社会，当然要比你强一些啦。"

三十九

"所以说，我爸爸是认定你有能力，才想让我们结婚。"

"当时，我听到这个提议后，觉得太意外了。我对介绍人说，我和你是初中同学。对方拍着大腿说，太巧了，简直是老天爷牵线的姻缘。"

"你那时，一定……很幸福？"

"你说错了。"

"什么？"

"我已经不爱你了，大概半年以前吧。"

檀子霄一时语塞，他从她身上移开视线，重新换了一个坐姿。

"是他改变了我，我肚子里孩子的父亲。"

檀子霄强压内心的惊讶，一动不动地看着苏海棠，她把双手放在自己的腹部，轻轻画着圆圈。"他没有显赫的家世，就是一名普普通通的员工。你也知道，我家厂子招聘人员对学历要求都不高，他和我一样，也是毕业于一家专科院校，不同的是，我是从初中考上的，而他是从高中考的。"

"你们……你们的事情，你父母知道吗？"

"不知道，我还没有向他们坦白。"苏海棠抬起头，微笑了一下。

檀子霄终于看到了她的眸子，像是有小星星在闪烁。

"其实，正常来说，他在窑厂是接触不到我的。然而，正是那次与他的偶遇，改变了我的心境。嗯……怎么说呢，这一段是我俩的私事，原谅我，就不和你分享了。我只说和你有关的事吧。"

檀子霄点点头。

"他长得有点像你，脸很小，只是个子比你高，一米八吧。不要笑我，虽然我个子矮，但是，我就是喜欢高个子男生。看到他，我的心像被一块陨石撞击了一样，发生了化学反应。之后，我总是找各种理由去见他，或者让他来我办公室。再之后，我把他从车间调到我身边，帮我开车，为我处理一些杂务。坦白来讲，他是你的复制品，我帮他实现改变，就像当初我丢掉对你的沉迷。在这一点上，我还是很佩服自己的，最起码在最危险的时候回了头，就像是站在悬崖边及时收回迈出的那一只脚，回到安全地带。"

"然后呢？"

"然后……就在三个月以前的一个晚上，我陪客户吃饭，喝了一些果酒。他送我回家，到了楼下，我不肯上楼。于是他陪我去喝第二场酒，喝完，我叫着你的名字，然后和他上了床。"

"这……"檀子霄低下头，难掩内心的尴尬。

"哈哈，这不关你的事啊，只要你不觉得我变态就好。"

"他……没有觉得这样不好吗？或者说，他能接受这样的你吗？"

"我和他说了我暗恋你的故事，他紧紧抱住我，说心疼得要死。他不介意我的过去、我的思想，只介意我现在的感受。原来，他也喜欢我，从进公司第一天起，我给他们新入职的员工上培训课时就开始了。我是他前进的动力和榜样，后来，他成了我的司机，幸福得不得了。"

"说一句你不爱听的话，他会不会看上了你的地位，或者说金钱？"

"你的想法太肮脏了，爱情是纯洁的，怎么能和钱混为一谈？当然，我知道你说这话是出于善意，我也有过你刚才的想法，对他呢，也曾有过怀疑。不过，我为自己有这样的猜疑而感到羞耻。他无疑是纯洁的，不是金钱的奴隶。"

"何以见得呢，在这个世界上，又有谁不是金钱的奴隶？谁能做到离开钱照样过得潇洒呢？"

"他的生活条件一般，但每个月会拿出一部分钱来资助贫困山区的儿童上学，从高中时就开始了，最初是向父母要钱，后来参加了工作，就把工资分成几份，专门拿出一笔钱做这样的事情。试问一下，你的家庭条件够优渥吧，我是没有捐过，难道你捐过吗？"

檀子霄满脸通红，摇了摇头。他想说，不是说不想捐，只是没有想到而已。

"一个对金钱有贪欲的人，只会觉得钱不够花，又怎么会每个月拿出一部分钱给别人花呢？"

檀子霄听到这里，觉得苏海棠说的很有道理，于是点点头，表示赞同。

"从此，我迷上了他，我放下了对你的执念，寻找机会向父母摊牌。就在这时，介绍人又找到了我的父亲。"

"那么，你现在怎么想？"

"感情是双向的。对于我来说，以前的你只是镜中花水中月，我是欣赏你的人，你不可能反过来对我怎么样。现在呢，我已经有了他，我们是实实在在地在交往，看得见摸得着。"

"我懂了。"

"我知道父母极力成全我们的真实原因，为此，我只想说，不一定非要用这种方法寻求出路。不管怎么说，我们不还是初中同学吗？"苏海棠看着檀子霄，"只要我们齐心协力，企业并不会因为我们没有结合而受损，相反，一样可以做大做强。而我们两个，终究还是要追求属于自己的幸福。人的一生只有一次，我们要学会做自己的主人，不能委曲求全。"

正午的阳光照在苏海棠的脸上，大概洗完头发后没有完全吹干的缘故，她的头发有些蓬乱，显得与实际年龄不符，平添些许成熟女人的味道。

刹那间，檀子霄觉得自己的格局太小了，原来，只顾眼前的人是他。他说："真没想到，你看事情会如此深刻，让我肃然起敬。"

"谬赞了，人总是要成长的。人生之路不可能永远顺畅，谁不是摸着石头过河呢？一旦走不通，掉头再寻找能走的路就好，没必要撞南墙。"

"那你觉得，你父母能答应你和他的婚事吗？毕竟他没有什么根基。"

"可能会有一定的难度吧……但是也不是绝对的，毕竟他们只有我这一个女儿，家族产业还是要往下传的，总不能给不相干的人。"苏海棠充满了信心。

二人把心结解开，一致认为，因为介绍人的社会地位较高，他们还是要妥善处置这桩婚事。

苏海棠心里更着急，肚子里的孩子不允许她有过长时间的等待。

　　经过一番讨论，檀子霄与她达成一致，他让苏海棠回家先向父母提，随后他会回景德镇找父亲摊牌。

四十

檀子霄原本计划去机场送机行，被刘一娜和苏海棠拒绝了。

刘一娜察言观色，虽然不知道檀苏二人在一起说了什么，但是她知道，她的目的达到了。也可以说，三个人的目的都达到了。她让檀子霄抓紧时间处理自己的事情，她们会自行叫车前往机场。

檀子霄拿着手机，第一时间想把这个消息说出去，倾诉的对象不是了解一切的同学夏正宇，而是王小萌。他只想告诉她，他终于自由了。然而，刚有这样的想法，他却又重新陷入苦恼之中。他觉得自己不如苏海棠，说苏海棠不设防，好像也不太对，确切地说，她比他更真诚吧。当初应租的时候，是他告诉夏正宇，不要将他真实的家庭情况说与米娅听。于是，在王小萌的意识里，他一定是家庭贫寒、只顾当下的享乐主义者。他为自己的刻意和不真诚感到懊悔。

"不管了，见到她再解释。"檀子霄自言自语，然后叫了车，前往公司。

出乎意料，王小萌的工位上没有人。他有些落寞，掏出手机盯着微信看，考虑要不要给王小萌发信息。

"喂，实习生，你是怎么回事啊，这几天怎么总是缺勤？"

韩维维站起身。

"嗯，有点私事。"

"私事？你和小萌说了吗？"

"嗯，怎么？有事？"

"我觉得，现在你小萌姐正在林副总的办公室替你挨骂！"

"什么情况？"檀子霄一下子站了起来。

"你上午不是没来吗，就在刚才，林副总打来电话说有事情找你。我说你可能请假了。于是，她让你小萌姐去她办公室。"

"你怎么不早说。"

"怎么？你还能去找林副总负荆请罪不成？"

"我去看看。"檀子霄抓起手机，往林豆豆的办公室走。

韩维维愣了，说："哎！你不想干了吗？"

林豆豆的办公室，百叶窗没有拉，透过缝隙，檀子霄看到林豆豆像是在跳起脚来指责王小萌。王小萌低垂着头，咬着下嘴唇，站在那里，一声也不吭。

檀子霄的火一下被激了起来，连门也没有敲，直接推门而入。

林豆豆睁大眼睛，吼道："你是谁？不会敲门吗？"

"林豆豆，有你这样公报私仇，天天抓着员工不放的吗？"

王小萌听到檀子霄的声音，转身看向他，对他的突然出现想笑又想哭。

"天啊！天啊！"林豆豆拍着脑门，脸色黑里透着红，"你说什么？公报私仇？你到底是谁？"

"我，是你找的人，实习生檀子霄。"

"檀子霄就是你啊，我说这是哪里来的素质低下的人。

你不就是一个实习生吗，竟然这么和我说话，谁教你的？Kate 这是招的什么人，拿公司当收容所吗？"林豆豆说完，拿起桌上的电话拨 Kate 办公室的分机号码，让她立刻带走她的职员。

在楼下办公的 Kate 立刻赶到。面对林豆豆像泼妇一样的怒吼，Kate 并没有直接回应。她不想吵架，只是神情严肃地让檀子霄去她办公室，接着又补了一句："王小萌，你也去！"

片刻过后，Kate 回到她的办公室，非但没有责怪王小萌和檀子霄，倒对林豆豆的表现吐起槽来，最后和王小萌二人共情，说："如果你们有更好的去处，可以考虑离开。"

二人从 Kate 办公室出来，径直来到消防通道。王小萌的心情非常不好，檀子霄说他想离职，并劝她和他一起离开。

王小萌左右为难。突如其来的状况，让王小萌没有心情追问檀子霄上午的行踪，而檀子霄也只能把想见她的迫切愿望暂时藏在心底。

王小萌先回办公室，从消防门出来，一拐弯，赵红雷迎面走来。只见他黑着脸，见到王小萌后，脸色更加难看。左右看看没人，他质问道："小萌，你怎么把我拉黑了？你对 Lonny 说了什么？"

"你说什么？"

"或者，你指使米娅对她说了什么？"

"莫名其妙！"王小萌气得浑身发抖，她不想再搭理赵红雷。她觉得自己一定踩了狗屎，刚被林豆豆骂，现在又被赵红雷纠缠着不放。

"小萌，我求你了，你不能再拆我的台了。"赵红雷见王小萌要和他急眼，态度一百八十度大转弯，立刻开始示弱。

"你什么意思？赵红雷！"

"豆豆开始疏远我了，还和别的男人出入夜店。"赵红雷抱住脑袋，十指扯着头发，"说真的，她这样，我可以原谅她，可以接受，毕竟她的世界观和我们不一样。但是让我不能忍受的是，她竟然开始疏远我。我该怎么办？怎么办？"

王小萌看着赵红雷的样子，以前的温存和爱恋全部无影无踪，她开始厌恶这个男人，她说："你让开。"

"小萌。"

"你该怎么办是你自己的事。我已经受够了，凭什么让你们两个人轮流折磨我。"

路很窄，赵红雷没有让开的意思。

正在这时，檀子霄从远处走来，刚好看到纠缠中的两个人。

"小萌，你变了，是因为这个男人？你竟然找个小白脸当你的现任！"赵红雷把所有的气转移到檀子霄身上。

王小萌浑身发抖，原地打转，说："赵红雷，你别欺人太甚！"

"小萌，你以前不是现在这个样子，我说的不对吗？你让一个一文不名的实习生住到我们家，还不是被他迷住了心窍！你不能……"

赵红雷的话还没有说完，只见走到近前的檀子霄抬起左脚向他踹了过去，正踢中赵红雷的肚子。他毫无防备地叫了一声，向后退了几步。

王小萌急忙拉住檀子霄，赵红雷趁机向办公区域逃去，檀子霄不顾王小萌的阻拦，追了出去。

赵红雷搬起一把椅子扔向檀子霄，檀子霄本能地用胳膊去遮挡头部，可额头还是受了伤，鲜血顺着鬓角流了下来。追过来的王小萌看到后大叫起来。

　　公司的同事听到声音，纷纷出来看，韩维维拨打了120。

　　赵红雷浑身发软，瘫坐在地上，因为出汗，原本不多的头发贴在额头，像是唱戏时演员贴的假发片。

四十一

赵红雷坐在地上不肯起来，公司的同事三个一群、五个一伙，咬耳朵窃窃私语；片刻后，又都纷纷摇头，大家不明白 Leo 为什么要和一个实习生过不去，而且这个实习生还与他没有工作上的接触。最后，谁也搞不清楚这场大战因何爆发。

一名男下属上前搀扶赵红雷，他才站起身。

楼上的林豆豆很快得知这起事件，让职员们保密，禁止报警。接着，她让人通知赵红雷到她办公室。

同事们个个精神十足，一起猜测这对情侣的后续。

"一定是林副总出轨实习生了，Leo 找他理论。"

"怎么可能，你这脑洞也太大了吧？"

"有什么不可能的，要不然他们怎么能打在一起。"

"刚才谁和实习生去医院了？"

"他们组的王小萌吧？"

"有点奇怪。"

"有什么奇怪的！"韩维维凑了过来，"组长陪着下属去处理伤口，难道有问题吗？"

"好像没问题，挺合乎情理。"

赵红雷来到林豆豆的办公室，立刻瘫坐在沙发上，双手抱住头。

"Leo，你太令我失望了！"林豆豆在房间里踱步，挥舞着双手咆哮。

"Lonny，我这都是因为你。"

"因为我？你太搞笑了吧！"

"要不是你冷落我，我才不会去找王小萌的麻烦。"

"我冷落你？"

"你去参加家庭聚会，不带我参加。"

"Leo，你的思想有问题。"

"我是你的未婚夫啊，我应该和你一起去才对，怎么会是我的思想有问题？"

"我是和你订婚了，可是我依旧是我，不是你Leo的附属品。"

"我不是这个意思……"

"那你是什么意思？我走到哪里，就要把你带到哪里吗？"

"最起码，你要把我当成你的家人。"

"家人？我的家人是我的父母，我和你的关系只是恋人。"

"Lonny，在咱们国内，恋人就是爱人，也是亲人，当然更是家人。"

"Leo，我认真考虑了，我觉得我们根本不合适，现在起，我们解除婚约。"

"Lonny！"赵红雷从沙发上跳起来，抓住林豆豆的肩膀，"豆豆！你说什么？"

"Leo，你放开我。"

"我们怎么能解除婚约呢？你可是我这辈子唯一的爱人。"

"那么，王小萌呢？"

"我说过了，那只是她一厢情愿。"

"你还在骗我。"

"我没有。"赵红雷的眼睛布满血丝，仿佛眼球要爆出来。

"好了，我不想和你争吵，请你现在、立刻、马上从我的办公室里出去。"林豆豆神情淡定，指着门口的方向。

赵红雷强压住心中的不安，像川剧里的变脸大师，刚才还悲苦万分，现在立刻笑容满面。他试图上前拥抱林豆豆，却被林豆豆一把推开。于是他又求饶道："豆豆，全怪我，都是我不好，太没有边界感，我这就出去。你别生气，乖。"

在王小萌的陪伴下，檀子霄上了救护车，经过一番检查，确定了伤口不是很深。最初以为是眼睛受伤，结果也排除掉了，只是软组织损伤，王小萌的心这才放回肚子里。

对此，檀子霄很感动，他抓住王小萌的手，一双细长的眼睛里充满了柔情，嘴巴里像是塞了什么东西，含糊不清地说："和我一起回景德镇吧。"

王小萌愣了，心跳加速，问："你说什么？"

"和我一起回景德镇吧。"

"我说，你这是在向我表白吗？"王小萌的话脱口而出，话音刚落，她才发现这句话竟然让两个人都很尴尬。或许檀子霄并没有这个意思，只是可怜她，让她换个城市去景德镇发展而已。

她曲解了他的意思吗？

檀子霄的眼神开始闪躲，他觉得王小萌的回答是在拒绝自己，他的邀请有些唐突，不合时宜。两个人不再说话，王小萌把手从檀子霄手中抽了出来。输液室里人来人往，并没有人关注他们在说什么、做什么。

"我们回家吧。"檀子霄想把输液的针头拔下来。

"你别动，想回家也可以，但是不是现在，输完了液再回也不迟。"

檀子霄看着架子上的输液袋，还有大半袋。

"要是累，就先休息会儿，别硬撑着。"

"嗯。"像是得到暗示，檀子霄这才觉得浑身像散了架一样。

旁边病床，一个小学生模样的男孩也在输液，剧烈的咳嗽让他的身体缩成一团。他妈妈握住他的手，担心跑针，又从包里拿出保温杯，让儿子喝口水润润嗓子。

二人回到家时已接近黄昏，王小萌问檀子霄有没有想吃的东西，她来做，檀子霄跟着去厨房帮忙。

门铃响了。王小萌问了一声："谁啊？"她把檀子霄摁到沙发上，前去开门。幸福雀跃着，扑向门外。手里拎着水果，满脸堆笑的赵红雷出现在王小萌的眼前。回过神来的王小萌回头训斥幸福，并关上了门。

"怎么，我的家，我还不能进了吗？幸福，爸爸回家了。"

"谁说这是你的家？"

"这房子的房产证上可还有我的名字。"

"你早就自愿从这个家里离开了，好不好？你以为这是你想来就来的地方吗，简直是可笑。"王小萌义正词严地说。

赵红雷软下来，说："小萌，我今天先不和你争执，我是来看你的房客的。今天是我不好，不该扔椅子砸伤他。"

檀子霄一直在玄关附近，他想出来应对赵红雷，却被王小萌挡在身后。听到赵红雷提他的名字，他说道："谢谢您，赵主管，我没有这个福分接受您的慰问。被打伤不怪您，怪我。"

"这可是你说的。"

"当然。"

"要不你在这张纸上签个字吧？"赵红雷把水果放到地上，从西装口袋里取出一张纸和一支笔，想递给檀子霄。

王小萌见状，冷笑一声："这种事情，就你赵红雷做得出来。"

"怎么？这样做不对吗？立字为据，省得以后发生纠纷。小檀受伤了，医药费我付。可别今天说原谅我，明天再去派出所报警，说我无缘无故打他。"

檀子霄从门缝里接过纸笔，看也不看，直接在下面签上了自己的名字。

赵红雷满意地把和解书折好，放进口袋。"那就先不打搅你们了，水果我放到门口，回头把医院的收费凭证整理好给我，我给你转账。"

王小萌的胃部已经开始翻江倒海，她用力拉门，不想听他再说一个字，以免忍不住吐他一身。

四十二

赵红雷悻悻离开，临进电梯，回头看向曾经住过的"家"。

只见"一帆风顺平安宅，万事如意幸福家"的对联还在门两侧贴着，红纸黑字很醒目。那是公司搞迎新年活动的时候，王小萌用毛笔写的。

一切像是做梦一样，此时此刻，赵红雷才真正意识到他曾经拥有的最珍贵的东西，已经从手里溜走了。他的心仿佛被什么东西刺了一下，很痛，回忆犹如潮水般涌了上来。他走进电梯，突然想起了什么，打开手中的谅解书看了又看，折了几折，小心翼翼地放进口袋，下了楼。

赵红雷开车刚刚驶出小区，米娅就驾车到达，将车停到路边的车位。

王小萌关掉熬着小米粥的电磁炉，一边接听米娅的电话，一边打开了房门。

"这是谁买的水果？怎么放在门口，不拿进去？"米娅一边说，一边拎着水果进了玄关。

"小娅，那水果我们不吃，正想一会儿下楼的时候扔掉呢。"

"扔掉？干吗？水果好好的，和你有什么仇？"

"米娅姐。"檀子霄打招呼道。

"哎呦，小檀，你这是怎么了？怎么受伤了？"

王小萌简单说了事情的来龙去脉，接着去厨房端粥。

米娅盯着那袋水果，破口大骂，"问候"赵红雷还不行，连带他家人也遭了殃，临了她说："真想不到，这个林豆豆和赵红雷，竟然是一样的货色。不行，你们俩不能就这么离开公司。姓赵的渣男，一心攀高枝，不能让他得逞。"

"米娅姐，不用你费心，反正这几天我也想离开了。"

"小檀，说真的，你还好一点，一个实习生，公司里的同事还没有认全吧？再去其他公司，也不会受什么影响。小萌可不同，她在这行干了好几年，如果传出去，对她再就职没什么好处。"米娅对厨房里的王小萌接着说，"小萌，我这就走，找林豆豆去。"

"小娅，真没事，你别管了，清者自清。"

"什么叫清者自清？只是你的自我安慰罢了。出了事情，要学会为自己辩解。不能闭上嘴巴，让别人猜测、乱说。林豆豆也好，赵红雷也罢，他们可都是靠嘴皮子起家的。那些同事——不了解真相的人，你说，他们会相信谁？我要是你，可咽不下这口气。"

"我熬了粥，你坐下来吃一点。"

"你忘了我晚上不吃饭吗？"

王小萌送米娅到家门口，说："谢谢你，小娅，你别和他们闹得太僵了，毕竟你家国凯和他们还要合作。"

"放心吧，你也不看看我是谁，鸡蛋掉地上，我也有能力把它捡起来，让它完好无损。"

"你慢点开车。"话音未落，米娅已经钻进了电梯。

檀子霄笑了，说："小娅姐太飒了，鸡蛋掉地上还不得稀碎！完好无损？熟鸡蛋吧。"

王小萌听后，也笑得合不拢嘴，说："去去，不许取笑我闺密。"

米娅在电梯里掏出手机，给林豆豆发了微信，问她有没有时间出来做护理。林豆豆很快回复，正计划约嫂子呢，不承想，心有灵犀。

两个人见了面，先是互夸对方的衣服、鞋子，接着是妆容。明明知道对方和自己一样，戴着一副面具在交谈，却谁也不戳穿。

"豆豆，真不好意思，咱们第一次在机场见面时的情景，要是早知道你和我家国凯的关系，说什么也得提前和你通通气。"米娅话锋一转，主动将话题换到她和赵红雷的关系上。

"可是那天晚上吃饭，你说认错人了嘛，Leo 在家里也是这么和我说的。"

"那不是碍着大家的面子嘛，也不能再见到妹妹时还大吵一通不是？"

林豆豆若有所悟。

"这种事情，外人怎么好指导当事人怎么做呢？我看妹妹是个明理的人，心想，怎么也不能让妹妹因为某些人而毁了自己的人生。有些人啊，做什么事情都要讲一个能得到什么，对自己有利才会去做，没有用就一脚踢开。我向来看不惯这样的人，不知道妹妹你怎么想？"

听到米娅的反问，林豆豆努力挤出一丝笑，说："凡事一分为二，生意场上，还是要讲究策略的。"

"我说的可是生活里呀，我可不会做生意。"米娅知道，她说的话已经让林豆豆不再淡定，目的达到了，"妹妹用哪个牌子的护肤品？你看我的脸最近好干啊，有什么推荐的吗？"

这次见面，米娅的话像是点了一把火，促使林豆豆做出了她的决定。

果不其然，林豆豆一回家，立刻和赵红雷摊牌，让他一天内搬离她的公寓。

赵红雷彻底傻了眼，双腿跪地，说："檀子霄已经签了谅解书，就算他以后报警也没有用。他的冲动不会给公司造成什么影响，已经保证过了，以后他会改，为什么又发脾气？"

赵红雷的死缠烂打，让林豆豆更倒胃口。她说就算檀子霄不报警，他要继续这样，自己就会报警。

赵红雷知道林豆豆的脾气：执行力很强，话一旦说出口，就会照办。

最后，他只能从地上站起来。原本两个人同居的时间就不长，一部分衣物是新买的，还有原来从王小萌那儿取回的部分衣物，不算多，赵红雷很快就将衣物都收到两个行李箱里。

为了给自己找台阶下，赵红雷说先去办公室住，等她心情好了，再搬回来。

林豆豆哼了一声。

赵红雷把行李搬到车上，前往公司。

几天后，公司要开董事会，决定晋升人员名单。赵红雷对林豆豆低三下四地央求，只期望她能念及两个人在一起的情分，满足他晋职的愿望。

从小到大，他想要的东西几乎都能得到，所以这一次，他同样坚信，只要忍耐，结果一定是他想要的。

王小萌向 Kate 提出了离职申请，Kate 没有立即答应，让她先在家休息几天。她说最近公司的人事变动还不明朗，过几天再做决定也不迟。

　　檀子霄因为是实习生，辞职手续简单，很快与公司脱离了关系。

　　王小萌问他什么时候回景德镇，他以脸上有伤为由，说养好了伤再走也不迟。

四十三

董事会的会议结束后，新的人事任命立即公布，晋升的中层管理人员是 Kate。

沈东龙作为人事部门的职员，第一时间把这个消息告诉了赵红雷。

赵红雷把手机丢到桌上，在办公室里来回踱步，最终还是红着双眼来到楼上林豆豆的办公室。他推门而入，进门便问："给我一个解释，为什么不是我？"

办公室里，人事部长正坐在沙发上，见状识趣地起身，对林豆豆说过一会儿再来。

林豆豆抽出一根香烟，点着后深吸了一口，来到赵红雷身边，把烟雾吹向他，问："为什么不是你？你为什么觉得会是你？"

"Lonny，我是你的未婚夫啊，我的落选，对于你不也是一种耻辱吗！"

"未婚夫？你是谁的未婚夫？我之前已经说过了，咱们已经解除了婚约。"

"Lonny，你这是在生我的气吗？"

"Leo，我觉得，在上海的那几天，怪我，我一定是头脑不清醒，以至于影响了自己的判断。现在，我们之间，不存在我生不生你的气这个问题，而是要分清你和我。你是你，我是我，我们是两个个体，而不是一个组合。之前我已经告诉过你，你也从我家搬出去了。我们现在两清了，谁也不欠谁，好吗？都是成年人，不要拎不清。"

"不是，Lonny，我觉得你现在肯定是被什么人蛊惑了，谁头脑不清醒？明明是我们在上海碰撞出了火花，爱得热烈，那些美好，怎么能轻易抹掉呢？你要知道，你是我这辈子最爱的人。"

"轻易抹掉？那个王小萌呢？你们在一起可是生活了三年，三年都能轻易抹掉，我们这才多长时间？"

"Lonny，你听谁说的？谁告诉你的？"

"不要问我谁说的，我请人去调查的。你要清楚，做任何事情都会留下蛛丝马迹，不要觉得自己很聪明，你现在就是一个跳梁小丑，知道吗？"

"我从来没有爱过她，是她在后面追我，这又怎么能怪我呢？"

"Leo，我算是看透了你，你现在马上从我眼前消失！"

"豆豆，求求你，我现在什么都没有了，我只有你，你不要这样对我。"赵红雷跪在地上，抱住林豆豆的腿不松手。

林豆豆强忍住的冷静，终于像洪水决堤一般被冲走，她晃动身体想摆脱赵红雷，无奈对方力气太大，紧紧箍住她，让她动弹不得。

"Leo，赵红雷，你放开我，再不放开，我可要叫人了。"

"豆豆，你答应我咱们不分手，我就松开。"

林豆豆站的位置距离办公桌有一定距离，想找个物品还够不着，她再也忍不下去，拿起手中没有抽完的香烟，向赵红雷裸露的胳膊摁了下去。

"啊……"赵红雷一声惨叫，终于放开林豆豆。

"这是你自找的。赵红雷，你惹急了我，我现在通知你，现在、立刻、马上从我的办公室里滚出去！如果识趣，就想一个体面的理由，你写辞呈交给我。假如今天下班之前，没有收到你的辞职报告，那么，就别怪我不客气！"

"豆豆，你为什么这么狠心，难道就不顾及我们的感情吗？"

林豆豆一言不发，向前走了几步，打开办公室门，指向门外。

有好事的职员，偷偷看向二人所在的方向，另一些人，则扭过头装作干别的事情。

赵红雷不情愿地站起身，走了出去。此时的他像一块被榨干的豆饼，规规矩矩，没有思想，也无法思考今后的路该怎么走。

赵红雷平时待人接物不夹带任何私人情感，以至于他在这家公司并没有真正的朋友。回到办公室，他一屁股坐到椅子上，关上门，拉下百叶窗，电话不接，敲门不应。

两个装有衣物的行李箱在角落里放着，紧挨着从林豆豆公寓搬出来时凑合使用的行军床。

他苦笑几声，自言自语地说："没想到我赵红雷北漂近十年，最终只奋斗下两只箱子、一张折叠床。"

到了这个时候，赵红雷还是不觉得自己做错了什么。他重新回想原本的计划，一步一步，按部就班，他觉得没有任何疏漏。那么，问题出在什么地方呢？他找不出原因。

林豆豆让他写辞职报告，这是一个工作近十年的员工应有的下场吗？他赵红雷没有功劳也有苦劳，一定是她一时的气话。赵红雷把折叠起来的行军床打开，和衣躺下。心累脑子更累，他竟然进入了梦乡。再醒来的时候，室外已经全黑，他听到一阵急切的敲门声。揉揉眼睛，开了门，是人事部的沈东龙。

"Leo，怎么回事，给你打电话、发微信都不回。"

"太累了，睡着了。"

"大事不好。"

"怎么？"

"林副总让我们部长拟文件呢，是开除你的文件。"

"你说什么？"

"说是林副总说……"

"她说什么？"

"太难听了，不说也罢。"

"没事，你说。"

"她说……你给脸不要脸。"

"开除的原因呢？"

"原因就是……你在公司里违反规定，打伤员工。"

赵红雷跌坐在行军床上，衬衣下摆的一角从腰间皮带跑了出来，因为睡姿不好，发型也被压扁。

沈东龙看在眼里，觉得心里有些酸。想当初，这个 Leo 可是全公司最有前途的部长，不仅有能力，而且人长得还帅。

"她不能这样对我。"赵红雷喃喃地说。

"她说，你要是不服从，她就报警，让警察介入。"

听到沈东龙这句话，赵红雷再也坐不住了。他拿起手机，走出办公室。沈东龙不放心，远远跟在他身后。

赵红雷从写字楼上下来，向不远处的小吃街走去。普通的小饭店早就打烊了，只有一家烧烤店还亮着灯光。沈东龙随后也跟进去，陪赵红雷喝起了酒。赵红雷的酒量不大，换作以前，酒过三巡就开始话多，什么都说。这次，他出乎意料地安静，只是喝闷酒，连烤串也不吃一口。沈东龙的嘴巴都快说破了皮，他依旧一声不吭。直到最后，不想再喝了，他抬屁股就走。

　　沈东龙把钱付了，赶紧跑出去追，他早已看不见赵红雷的身影。

四十四

赵红雷像一具没有灵魂的躯壳，踉踉跄跄沿着路向前走，看到地铁口，就钻了进去。

"末班地铁早就发车了，走吧，想办法打车回家吧。"一位保安模样的男子对他说。

赵红雷没有挪地方，呆呆地看着进站的方向，这时他听到身后一阵急促的脚步声。一个女孩子越过他，向前方张望。

女孩有一头披肩长发，戴着一只白色的口罩，身穿白色连衣裙，背着浅蓝色单肩背布包，脚上是一双帆布鞋。

得知末班车已发后，女孩跺了跺脚，发着牢骚："紧赶慢赶，还是没有赶上。"

这时，一个男孩子的声音传来："我说肯定赶不上，你还不听。走吧，我们打车走吧。"

"都怪你，本来能省几十块钱的。"

"钱挣了就是用来花的，花完了再挣。"男孩和女孩差不多年纪，穿着白色 T 恤、蓝色牛仔裤和帆布鞋。

赵红雷跟着这对情侣移动，目睹他们手牵着手走向出口。

通道蜿蜒曲折，赵红雷好像出现了错觉，像是穿越回三年前，他和王小萌相识之初。

他想追上那对情侣，不禁加快脚步。从楼梯走上来，一股温热的风吹过，两个人早已不见了踪影。

这时，一辆出租车停在路边，司机斜着身子问他："打车吗？"

赵红雷打开车门上了车，司机问他去哪儿，他含含糊糊说了一个目的地，接着睡了过去。

"哎，小伙子，醒醒，到了。"赵红雷被唤醒，在司机的指点下，他支付了车费，开门下车。

他熟练地用随身带的电子钥匙开了边门，走进小区。几幢高楼像是几个高耸的怪物，在暗夜里没有温度。

刷电梯卡上楼，来到家门前输密码，他的生日，不对，换了一串数字，他和王小萌初识的日期后六位，依旧错误。又摁了自己手机号码后六位，也不是。

房门内，王小萌被电子门锁的提示音惊醒，她斜着身子，竖着耳朵听，确定是自己家的房门在响。她这才从床上爬起来，来到客厅。幸福早已趴在门口，用前爪去挠门。

"谁？"

门外没有回应，依旧是输错密码后的提示音。

王小萌从猫眼里向外望，看到赵红雷正眯着眼睛，执着地在电子锁上输密码，他嘴里念叨着："小萌，开门，我回家了。你怎么把密码换了？"

王小萌吓得后退了几步，上身靠在鞋架上。她不想开门，但是赵红雷的叫门声越来越大，接着他开始砸门。她担心扰民，怕邻居有意见，于是打开保险，摁下门把手。

赵红雷拉开门，直接扑向王小萌。王小萌躲不开，双手抱胸，尖叫起来。幸福不明所以，跳起来大叫，不知道是兴奋还是戒备。

檀子霄从床上一跃而起，三步并作两步跑出卧室，正看到赵红雷抱着王小萌乱亲。他飞奔过去，一把将赵红雷推开。

赵红雷浑身酒气，口齿不清地问："你是谁，为什么在我家里？"

"赵红雷，你在干什么，深更半夜的，你这是私闯民宅！"

"什么私闯民宅，这是我的家。"

入户门开着，争执的声音在门厅回响。王小萌想把赵红雷推出去，无奈根本做不到。

连日来的不如意，像是助长了赵红雷的体力，他有种"破罐子破摔"的勇气，就连檀子霄也不是他的对手。

两个人从玄关撕扯到客厅，赵红雷像是发疯似的，把茶几上的杯子、书一股脑儿扒拉到地上，还搬起一盆多肉砸向地面。

王小萌急得像一只热锅上的蚂蚁，呼喊赵红雷的名字，让他住手，然而，只是徒然。她只好拨通物业值班电话进行求助，值班人员报了警。

这注定是一个混乱的深夜，民警到达后，和物业工作人员一样，对赵红雷束手无策。

同一楼层的邻居，纷纷打开家门看向门外。

赵红雷像是更加有理，对着警察说："这就是我的家，你们不信，问我们邻居。我自己的家，为什么不让回？"

物业人员因为之前得到王小萌的报备，所以站在王小萌的立场，说道："这和我们掌握的情况不一样嘛。"

王小萌补充道："警察同志，这儿早就不是他家了，我和物业也都说了，希望你们给我做主，他这是私闯民宅。"

民警原本以为是家庭纠纷，现场调解调解就可以完事，现在这种情况，只好让当事人全部去派出所接受调查。

赵红雷被约束至酒醒，在这段时间里，王小萌、檀子霄被分别问询，物业值班人员也做了证。

"这房子是你和赵红雷一起买的？"

"是的，本来分手的时候说要更名，也就是说，把他的名字去掉，但是因为都很忙，就一直没有去。"

"你们分手，有证人或者证据证明吗？"

"有，我朋友可以做证，对了，还有一张赵红雷签字的字据，关于房子的。"

王小萌突然想起当初米娅让赵红雷签字的保证书，她从手机里找到照片，给办案民警看。当问及檀子霄的身份时，王小萌抢先说，这是她的现男友。

天蒙蒙亮，赵红雷在留置室逐渐清醒，面对民警的询问，他依旧坚持自己是回家，而不是私闯民宅。

办案民警有些生气地说："赵红雷，目前我们已经有了证人证言，还提取了相关证据。你说你一个大老爷们儿，怎么就不能洒脱一点呢？没事，你不承认也没关系，法律讲的是'重证据，轻口供'。现在正式告知你，你的行为违反了《中华人民共和国治安管理处罚法》第四十条第三项规定，非法侵入他人住宅，依据《中华人民共和国治安管理处罚法》第四十条规定，对你处十日拘留，并处五百元罚款。"

赵红雷坐在询问椅上，想站起来又站不起来，他说："警察同志，你弄错了吧，我怎么就是私闯民宅？你们可不能拘我，我是冤枉的。"

"一会儿你在这些文书上签字，有什么异议可以在收到处罚决定书后申请行政复议。"

四十五

　　当太阳升起的时候，王小萌和檀子霄才一身疲惫地回到家。王小萌看着原本精心守护的家，如今真的支离破碎、物是人非，心态彻底崩了。靠在沙发上，她抱住幸福的脖子失声痛哭。幸福扭动着身体，跟着一起呜咽。

　　檀子霄在她身边坐下，一时不知道怎么劝，想了想，伸出胳膊将她抱住，安慰说："和我回景德镇吧，彻底离开这里。"

　　王小萌哭着说："我太失败了，和你去景德镇又能怎么样？照样要跟人打交道，照样会被人欺负。"

　　"有我呢，我保护你，今后，我再也不让别人欺负你。相信我。"

　　王小萌约米娅在家附近的一家咖啡厅见面。

　　米娅说，林豆豆给她打来电话，说赵红雷被拘留了，公司正好借此机会辞退他。现在林豆豆很信任她，让她转达对王小萌的歉意。

　　王小萌摇摇头，对米娅说："她道她的歉好了，我有权利保留自己的意见。如果有人道了歉，必须要求受伤害的人原谅，那犯错的成本岂不是太低了？"

米娅抓住她的手说："小萌，只要是你考虑好了，你能幸福就好，我们外人谁都代替不了你。可是，你去景德镇……那么远的地方，咱俩就不能经常见面了，我会想你的，米花儿也会想你的。"

"又不是不回来了。"王小萌笑着说。

"你真觉得小檀值得托付终身吗？"米娅搅动着咖啡，她莫名感觉到有些不对头。当初檀子霄到王小萌家里当房客是她的安排，而她在对檀子霄没有特别深入了解的情况下，就让他住进了王小萌的家，她怕夏正宇的介绍是片面的。

"这不是你帮我找的吗？真没想到你乱点的鸳鸯谱还真点对了。"王小萌的脸颊飞起一团红晕，她看向窗外。

"真没想到，你们这么快就确定了关系。"

"缘分到了，相识时间的长短就不重要了。"

"啧啧，真会说话，你不是不信一见钟情吗？啊，对了，你和小檀的事，和阿姨说了吗？她能同意吗？毕竟离得远，而且你们的年龄……"

"我妈啊，她比你还着急呢。她来的那几天，挺喜欢子霄的。"

"真的吗？那我就放心了。"米娅靠在沙发靠背上，仿佛内心的重担瞬间移交给了王小萌的妈妈江彩霞。

"你们什么时候走？"

"子霄说了算，他在家里订机票呢。米娅，有件事想请你帮忙。"

"咱俩之间还说什么帮不帮忙的。"

"是幸福，子霄让我带上它，可是我考虑了一下，还是决定先缓一缓。"

"为什么？"

"怎么说呢，我总觉得景德镇之行像是一个梦，并不是我最初内心所向往的，更像是被裹挟着，被推着走向它。小娅，你别担心，我不是在怀疑自己的感情，而是不确定子霄对我的情感，毕竟我们之间是有差距的，这个差距可以说是我年龄方面的自卑，也包括对双方家庭的认知。暂时不让幸福去，是因为我想给自己一个退路，所以，我想把幸福暂时托付给你，等我在那边稳定了，再回来接它。"

"听你的，小萌。幸福跟我，你放心好了。米花儿喜欢它，它也会陪米花儿玩。那天我还和国凯说呢，等有合适的机会也要养只狗狗，陪伴米花儿成长。"

"谢谢你，小娅。"王小萌的眼圈有些红。

米娅举起咖啡杯，挤出一些笑容，说："小萌，真心祝福你找到自己的幸福。"

王小萌回到家时檀子霄已买好了机票，是第二天从大兴机场出发的。她把机票信息截图发给米娅，婉拒了她去送行的请求，只叮嘱她记得来家里接幸福。

晚上，檀子霄抱着枕头和被子想去主卧睡觉，被王小萌关在门外。

王小萌心里五味杂陈。

说到底，这个家留给她的是她和赵红雷的记忆，她还做不到在这样的空间里与檀子霄卿卿我我。她清楚地记得，自己和赵红雷在床上做游戏，在厨房一起做早餐，在沙发上共读一本书，吃零食看电影……还记得两个人共同把幸福接回家，为它取名字，就幸福究竟是他们的"弟弟"还是"儿子"进行讨论时的情景。

尽管一切都过去了，但是经历是无法泯灭的。她不想让过去和当下在相同的空间里交织，那样会毁了所有，让一切变味。

这个城市不再让她留恋，如果想和檀子霄有未来，就必须告别过去，去另一个城市重新开始。

这就是王小萌做出的决定。

赵红雷的堕落让她失望，她下定决心不和他再有任何交集，或者说她不会再去怜悯一个没有底线的男人。她委托米娅替她处理这套房子的产权，等赵红雷从拘留所出来，维护好自己的权益就好。

整理完过去，王小萌想到将来。

景德镇是一个美丽的地方，前年去过一次，待的时间不长，看到的都是它的好，真要去常住，会不会是另一个样子？

檀子霄把枕头、被子抱回次卧，丢到小床上，内心极其落寞。

这时，手机振动起来，是大姐招娣打来电话："小霄，你什么时候回来？"

"怎么了，大姐？"

"海棠向爸爸提出了悔婚。"

"是吗？"檀子霄从床上站起来，"什么时间的事？"

"今天。"

"太好了。"

"什么？"

"没什么，大姐你接着说。"

"海棠和爸爸谈完，才给我打的电话。原来，她已经有了意中人。"

"嗯。"

"这个意中人竟然是她的司机，太令人惊讶了。他们一起去找爸爸，爸爸也不好再说什么，只好答应。还有更让我想不到的，海棠已经怀了那个男人的孩子！真没想到，这可是爸爸精心筹办的婚事，他想让你们结了婚就生孩子，海棠若是不说，这岂不是檀家替她养私生子吗？这么一想还挺后怕呢，多亏海棠主动说了出来。"

　　"大姐，我明天回去。"

　　"是吗？那可太好了，哪趟飞机。"

　　"9点15分从大兴机场起飞，11点20分到。"

　　"那好，我去接机。"

　　"大姐……"

　　"嗯？这么早的航班，你要早点睡觉才行。"

　　"明天我会带一个女孩子和我一起回家。"

　　"女孩子？"檀招娣有些意外。

　　"我决定和她交往，如果不出意外，我想，她就是我这辈子寻找的另一半。"

　　"什么？大姐我是不是耳朵不好使，听错了？"

　　"怎么？你不相信你弟弟能带女朋友回家吗？"

　　"不是不信，我是说，你真的可以忘掉过去？忘掉……美丽了吗？"

　　檀招娣的话，让檀子霄闭上了眼睛。忘掉？这个世界上哪有那么好的橡皮擦，可以擦去一切痕迹？过去虽然无法忘记，活着的人还得要向前看才行。

　　"大姐，我好不容易有了新女友，你这是什么意思？让我去和她说分手吗？你要是这样想，那我现在就去退票。"

　　"别，别，小霄，你能重新开始，大姐高兴还来不及呢。只能怪大姐老了，脑筋转不动了。放心吧，大姐永远是你的后盾。对了，女孩子是什么情况？叫什么名字？长得怎么样？学历、家庭、身材、脾气都怎么样？有没有经商头脑？会不会做饭……"

"大姐？是你找妻子还是我找？就算我都一一说完，你不满意，难道我就不爱她了吗？"檀子霄有些不悦地回应。

"好好好，我不多问了，反正明天就看到了；是不是好女孩，我一眼就能看出来。不过，我是相信我弟弟的眼光的，他看上的女孩准没错。"

四十六

中午时分，王小萌和檀子霄搭乘的飞机降落在了景德镇罗家机场。

檀招娣在接机处等候多时，二人拖着行李出现的时候，檀招娣掩饰不住内心的喜悦，喊着弟弟的名字迎了上去。

王小萌看到一位个子很矮，年约四十岁左右的女人冲自己笑，知道这就是檀子霄口中的大姐。她松开檀子霄的胳膊，向她微笑示意。

檀招娣抓住她的手，仰着头看了又看。

"大姐，这是小萌。"说完，檀子霄向小萌介绍，"小萌，这是我大姐。"

三个人走向出口，上了停车场里的一辆进口商务车。

王小萌对汽车没有什么了解，但是看到车漆、内饰与普通汽车不同。

檀子霄隐瞒了家庭实际状况，他知道王小萌出身普通家庭，担心会把王小萌吓跑。先骗到景德镇再说。檀子霄在北京这样想着，竟然有点恶作剧的快感。

汽车行驶在昌南大道，王小萌和檀子霄坐在后排，她看了看窗外稍纵即逝的和家乡完全不同的景色，转而看向车内。豪华的内饰、打扮得体的大姐，她不禁对檀子霄的真实身份产生怀疑。在她眼里，他可一直是穷小子的模样。王小萌看向檀子霄，像是寻求答案。檀子霄死死握住她的手，看向窗外。

这时，汽车开上了一座大桥。

"瞧，这是瓷都大桥，下面那条河的名字叫昌江，是我们瓷都的母亲河。对了，这可不是你心中的那个长江。"檀子霄说道。

顺着檀子霄手指的方向，王小萌看到这条大河的河面在午后的阳光下熠熠生辉。

"我们有瓷都之名，昌江功不可没。小萌是第一次来景德镇吗？"坐在副驾驶座的檀招娣回头问。

"不是第一次。两年前的秋天来过一次。"

"哦？都去了哪里？觉得景德镇好不好？"

"去了陶溪川，还有古窑。本来计划要去庐山看一看，结果和我一起来的……嗯，同伴，因为有工作，着急回去，就没去成庐山。我妈妈特别喜欢《庐山恋》那部电影，没事的时候总是重看，我也跟着看过好多遍，印象很深，就特别想去庐山。"

"第一次来没去成是挺遗憾的。不过没关系，庐山也不算太远，你要想去，以后让小霄陪你去就是了。"

"我可不想爬山。"檀子霄嘟囔了一句，声音虽小，车里的人都听到了。

王小萌倒没觉得有什么言外之意，相反，檀招娣有些紧张，"你瞧瞧我这嘴，庐山其实也就那样，记得苏轼写的那首诗吗？'不识庐山真面目，只缘身在此山中。'没有去过的人，都觉得这是名山，一定大有来头，实际上它还真不像你们北方的山，比如泰山有十八盘，爬完很有成就感。"

檀子霄没有接话，一脸肃穆看着窗外。汽车从昌南大道上下来，七拐八拐来到一处幽静的小院。

"大姐，怎么来这里？我不是和你说先回家吗？"

"这里不也是家吗？"

"我们刚下飞机，怎么也得洗洗澡换换衣服什么的。"

"爸爸说不用，他们在家里等着你们呢，先吃饭。"

王小萌有点蒙，她用胳膊撞了撞檀子霄。檀子霄说："噢，这是去我小妈家。"

王小萌还是不解，挤眉弄眼传达信息，然后才说："知道你有后妈，难道你们没有在一起住不成？"

"等晚上回家，我和你细说。"檀子霄轻声说道，他也不想当着大姐和王小萌解释什么。那样会让大姐认为，他们的感情远远不是她期待中的好，那样她又该胡思乱想了。

司机把汽车停到车库，说是车库，其实是花园前紧挨大门处的空地。这花园可不是一般的花园，亭台水榭、奇石花草一样也不少。

檀招娣走在前面，檀子霄陪着王小萌走在后面。王小萌的心跳个不停，她完全不知道自己将面临什么。很明显，这样的宅院，根本不是一般人家所能拥有的。这就是豪门？有没有搞错？檀子霄在北京可是连房子都租不起的穷小子，怎么可能有这样的家业？王小萌一一加以肯定，紧接着又一一否定，她暗暗掐了檀子霄的手一下。

通往正房的路径蜿蜒曲折，本来不远的距离绕了半天才来到廊下。这是一幢中式建筑，确切地说，更像是苏州园林那样的宅子。进了大厅，一个像是保姆的妇人前来迎接，嘴里说着："大小姐，少爷回来了？这是王小姐吧。"

"张嫂，她是小萌。"檀子霄介绍道。

王小萌笑了笑，双手握在一起，眼神有些慌乱，她有种穿越到过去的错觉。室内摆着中式红木家具，檀招娣招呼王小萌坐下，张嫂端来了茶水。

"我爸呢？"

"老爷和太太正在房间休息，我这就去叫他们。"

过了一会儿，张嫂又回到房间，说："老爷说了，让大小姐、少爷、王小姐直接去餐厅，二小姐一家马上也到。"

张嫂一口一个"老爷""太太""少爷""小姐"，听得王小萌头大，她一把拉住檀子霄，小声说道："你们这是什么家庭，太恐怖了吧，我怎么感觉像是回到从前了呢！"

檀子霄笑了笑，说："习惯就好了，说白了这就是摆谱，都是我那小妈立的规矩。一会儿回咱们家就没这么多事了。"

"你为什么不提前和我说？"王小萌有些愠怒。

"和你说了，你还能和我一起回来吗？"

王小萌不再吱声，这句话还真算是说到了她的心坎里。

餐厅还真称得上是餐厅，中间放了一张至少能坐二十人的大圆桌，桌上已经摆好了碗筷和凉菜。

在张嫂引导下，各人找到位置坐下来。还没坐稳，只听一阵爽朗的笑声传了过来，又尖又细，紧接着是一阵细碎的脚步声。那个声音说："小霄回来了？听说还带回了女朋友？不错啊，刚解决了海棠，就有新人了。"

檀子霄眉头紧蹙，檀招娣一脸愠怒，对着声音来的方向喊道："刘一娜，你这当姐姐的能不能正经一点。"

"哟，大姐也到了？就我们晚了，晚了。"

王小萌看到一个身材中等，瘦脸，三角眼的女人出现在眼前，她身后紧跟着一个和她长得很像的男人。

"你就是小萌呀！啧啧啧，小霄把你隐藏得够深啊！前几天我去北京，他都舍不得让我看你。檀子霄，这可是你做得不对，我是你二姐对吧？你怎么防我像是防商业间谍似的。"

四十七

檀子霄的脸，红一阵白一阵，王小萌也非常不自在。

正在这时，从餐厅入口处传来脚步声，上菜的张嫂放下盘子，走过去垂手相迎。

一位六十多岁，头发灰白，身穿中式服装的男人走了进来。他身后跟着的女人看起来五十岁出头，文着粗黑的眉毛，鼻翼处一颗黄豆大的粉刺，通红饱满，像是一颗即将熟透的桃子，让原本看起来还算平易近人的面孔变得尖酸刻薄。

王小萌随着就坐的人一起站起来。

"爸……"檀子霄略微停顿，喊了一声。

"你可终于回来了。"檀仕达黑着脸，张嫂拉出主位的椅子。

"这是小萌。"

"北京来的？"说话的是檀仕达的现任妻子，被檀子霄称作"小妈"的刘芸芳。她坐在檀仕达身边，用纸巾摁着那颗黄豆大的粉刺，上下打量着王小萌。

"是的，阿姨。"

"嗯，小萌，坐吧，不用客气，就当这里是你自己的家。"檀招娣拉了拉王小萌的手，转过头说，"爸爸、阿姨，小萌和小霄一下飞机就被我带回了家，咱们先吃饭，吃完让他们休息一下，回头再找他们聊，以后时间还长着呢。"檀招娣打着圆场，圆盘大脸上有种岁月静好的淡定。

"大姐，大姐夫怎么又没来呀！我看他啊，根本不把我们家当回事，也不把咱爸咱妈放在眼里。"

刘一娜边说边搛了一筷子凉拌藕片，想往嘴里放。这时，檀仕达咳嗽了一声，刘一娜翻了个白眼，放下筷子，还有咬了一口的藕片。

"你大姐夫太忙，咱爸还有阿姨都知道，什么叫不把咱们家当回事？"檀招娣平静地说。

"今天的午饭晚了点，因为等小霄和小萌回家，咱们先吃饭。"檀仕达并没有理会刘一娜的挑拨，拿起筷子伸向凉拌木耳。

刘一娜这才重新搛起盘子里的藕片，放到嘴里，嘟囔着说："快饿死我了。"

王小萌用心观察圆桌边的所有人，生怕哪里没有做到位，失了礼节。所以，她连拿筷子也成了做做样子，被催促吃菜，她只好搛离自己距离最近的菜品。

檀子霄让王小萌多吃一点，檀招娣听见了，自己不吃，给王小萌搛菜。

檀仕达"下达"了在餐桌上不问个人问题的"命令"后，果真没有人再说话，只听见各种吃菜的声音。

王小萌只希望这顿饭赶紧结束。

檀仕达和刘芸芳吃得都很少，吃完后说要去午休，就离席了。临走前，檀仕达嘱咐檀子霄照顾好小萌，晚上回这边吃晚饭。

二人走后，餐桌的氛围立刻变了，刘一娜问东问西，想方设法探听王小萌的家庭情况以及个人问题。

王小萌刚想一本正经地说，但是都被檀子霄或者檀招娣帮忙顶了回去。

那个二姐夫和王小萌、檀子霄打过招呼后，就闷头吃饭，也没有什么话可说。檀子霄吃完，不等王小萌放下筷子，就抓起她的手说："我们吃完了，你们慢慢吃。一路上太累了，我们先回去休整。"

"一会儿早点过来，我还要和小萌好好聊聊呢。"刘一娜说道。

"楼上不是有房间吗？"檀招娣说。

"不行，我得回我那边。"

"给你车钥匙，让小周送你们回去。"檀招娣从皮包里取出一把车钥匙递给檀子霄。

二人来到室外停车场，把钥匙递给刚才那位司机，一起上了商务车旁边那辆白色 SUV。

王小萌有点蒙，问："你不和他们在一起住吗？"

"大学毕业后，我就搬出去住了。在这个家里太压抑，别说多待一天，就算只多待一小时，都会让我少活一年。"

"有那么夸张吗？"

"这顿饭你吃得怎么样？"

"嗯，还行吧。"

"天天这么吃，你觉得能吃得下去吗？"

"这……"

"我不知道别人家里是什么情况，反正自从我母亲过世，我爸娶了这个小老婆进门，我的家就不知不觉中变成了这样。"

"礼节是多一些，约束也多一些。"

"何止这些，简直就像回到了一百年前。封建、偏执、专断……"

"你自己一个人住吗？"

"嗯。"

"你知道我被你骗了吗？"

"什么被骗了？"檀子霄装作故意听不懂的样子。

"你们家条件这么好，为什么不告诉我？"

"你也没有问过我嘛。"

"这……"

"我可从来没有说过自己是个穷小子。"

"你连租房都租不起，吃饭都困难，还去给别人画画……"

"这些都是事实。"

"那为什么会有这些事实？"

檀子霄目视前方，时至下午，路上车不多。

"我说去北京并不是为了理想，而是逃婚，你信吗？"

"什么？"王小萌睁大眼睛。

"逃婚啊……只不过，你不是林豆豆。"

"天哪，怎么会是这样？你的未婚妻呢？"王小萌情绪有些失控。

"我们回景德镇之前，她已经向我爸爸提出了退婚。"

"向你父亲？怎么不是向你？"

"因为这桩婚事是我爸一手操办的，不以我的意志为转移。"

王小萌张大嘴，惊到不知道怎么接下一句。

"算是所谓的'政治联姻'吧，为了生意而达成的契约，完全不问当事人的意愿。"

"现在还有这种事？"

"怎么会没有？"

"这是小说、影视剧里才会出现的情节啊。"王小萌转过脸看着檀子霄，只见他专注地看着窗外，侧颜棱角分明，露出坚毅的表情。男人在专注的时候最有魅力，这句话一点也不假。

很快，汽车钻进地下车库的入口，七拐八拐后停到一个单元门前。檀子霄下车帮助王小萌打开车门，取下行李。小周把车钥匙递给檀子霄，目送二人刷卡上楼。

从地库、电梯来看，这是一个高档小区。檀子霄的家在二十八层，室内装修是极简风格，黑白灰色调；没有多余的东西，加之面积足够大，看起来倒有种一贫如洗、空荡荡的感觉。

王小萌站在玄关打量着这间房子，如同走进了幻境。

四十八

放下行李，简单洗漱后，檀子霄欲带王小萌前往陶溪川。

"晚上不去你爸爸家吃晚饭吗？"

"你想去吗？"

"说真话还是假话？"

"当然是真话。"

"不想去。"王小萌嘟着嘴，"那个家确实太压抑了。"

"所以嘛，就知道你不想去，我们去逛陶溪川。"

"这样行吗？他们能高兴吗？"

"不高兴又能怎样？我们开心就好。"

"这可是我来到景德镇的第一天，也是和你家人见面的第一天。"王小萌斜了檀子霄一眼，嫌弃他不成熟，遇事考虑不周到。

"上次你来景德镇，觉得陶溪川怎么样？"

"那天是上午去的，很多店没有开门，也没什么特别的感觉。"王小萌有些含糊其词。

"今天带你看看夜景，很美哦！"

檀子霄的公寓距离陶溪川不算太远，午饭吃得晚，肚子也不饿，于是他们步行前往。刚进园区，就看到那个高高的烟囱。

"这里原来是宇宙陶瓷厂的厂区，后来被开发成集各类艺术工作室、餐饮、商务酒店会所等多业态的特色文化园区。你知道为什么带你来这里吗？"

"我怎么知道。"

"以后，你在这里开家店怎么样？"

"开店？"

"有了你，我倒是真想接管我们家的窑厂了。"

"没有我，你就不接啦？你想做什么？"

"不知道，反正什么都不想干。"

"要是这么说，你爸爸还要感谢我咯。"王小萌笑着说。

"当然，要说感谢，我们檀家每个人都要感谢你。是你把我送回檀家的，当然，也有不高兴的人。"

"什么？不高兴？"

"刘一娜两口子，还有她妈刘芸芳。"

"你说，你的小妈和二姐？"

"你以为她们真的什么都不图吗？不仅是我爸，还有我，心里都很清楚。但是我就像一匹不服管的脱缰野马，喜欢自由。如今，因为你，我愿意在家里停留。"檀子霄从来往的人群身上转过头，面向王小萌。

王小萌看着他笑，说："真没想到，我会起到这么重要的作用。"

檀子霄捏了捏她的脸，说："我有一个想法，专门用一个窑烧我设计的作品，标志就是我们的名字'M&X'，店的名字我也想好了，就叫'爱'，你觉得怎么样？"

"好土啊！"王小萌叫道。

二人边聊边走，在园区里停停转转，直到夜幕降临。

第二天一早，檀子霄、王小萌二人回檀仕达家吃早餐。檀招娣帮张嫂摆桌子，刘一娜夫妇没有露脸。

檀仕达像是预料到儿子会爽约，并没有责怪二人昨晚的缺席，只是刘芸芳像是在对王小萌发牢骚："昨晚等你们等到六点半，给小霄打电话，才知道你们不来了。"

王小萌脸上发烫，看向檀子霄，檀子霄面不改色地说："和我爸说了，舟车劳顿，午饭吃得又晚，也不饿。"

"他们这不是今天早晨来了嘛。"檀仕达说道。

餐后，檀仕达安排檀子霄去窑厂。王小萌有心也跟着一起去，刘芸芳说："都是男人的事，女人跟着干吗？来，陪叔叔阿姨聊聊天。"

王小萌送檀子霄到大门口，求救似的看向他。

"放心吧，有大姐呢，我去去就来。"

檀招娣拍了拍王小萌的胳膊，两个人一起从园林穿过，回到大厅。

檀仕达和刘芸芳分坐在太师椅之上，张嫂端来了茶水。在檀仕达的示意下，王小萌和檀招娣在圈椅上坐下来。王小萌看到两位老人一脸肃穆，不自觉地挺直了自己的腰板。她有些不明白，如今明明是新时代，宅子是新的，桌椅板凳也是新的，然而椅子上的人，却里里外外透出一种腐朽。

昨天晚上，王小萌把自己的感受说给檀子霄听的时候，檀子霄捂着肚子笑了半天。他说，一切的转变就在他妈妈去世之后。都说男人的风格是由女人决定的，他父亲就是个很好的例子。自从和女会计刘芸芳结婚，父亲就越发变得怪异，逐渐变成了现在这个样子。他们现居家的房产，是他们婚后第二年买的，园林陆陆续续造，人也慢慢变。

王小萌不禁咂舌："那你这个小妈也太厉害了吧。"

檀子霄说，后来才知道，她是因为看电视剧看的，结果真过成了她想要的生活。

这下，该王小萌乐了："这也可以？那么思想呢？难道也能倒退吗？"

"对于他们来说，是一种时髦吧。毕竟老年人的思想，年轻人就算是敲破脑袋也理解不了。"檀子霄摊摊手，表示很无奈。

如今，王小萌正坐在他们的对面，像是接受着一场审判。

"听说你是研究生毕业？"檀仕达喝了一口茶。

"是的，叔叔。"

"家里都有什么人？"

"我妈妈、哥哥、嫂子，还有一个侄子。"

"你爸爸？"

"我父母在我十岁那年离婚了，后来，我爸重组了家庭，我们就没有来往了。"

"哦，离异家庭呀。"刘芸芳用一把紫色团扇扇着风。其实，室内并不热。

"离异家庭怎么了？阿姨，您不也是离异后才嫁给我爸爸的吗？"檀招娣说话直接明了。

"咳咳。"刘芸芳捂住嘴，不再说话。

"平时身体怎么样？"

"嗯？"王小萌一时没有反应过来，她看了看檀招娣。

檀招娣明白父亲的意思，嗔怪道："爸，人家小萌刚来咱们家，你这是干什么，有这么盘查的吗？"

"离得还是太远，一个北方，一个南方，家庭情况是要先搞清楚的呀，谁家娶妻嫁女不要先打听打听？"刘芸芳一着急，鼻翼处的粉刺破了，抽纸巾捂了上去，一股血水很快把纸巾洇湿。

王小萌一时觉得脸上挂不住，她觉得这不是长辈与晚辈的普通聊天，而是檀家在选儿媳！她有心扭头就走，然而，道德约束让她不能这么做。她家是普通家庭，但是普通家庭的子女也是有教养的。

檀招娣来到王小萌身边站住，搂住她的肩头，说："爸爸，要是没什么事，我带小萌在园子里转转。今天天气不错，总在屋里待着容易生病，会头脑不清楚。"

檀仕达沉吟片刻，说："小萌，你是哪一年出生的？"

"1993 年。"

"比小霄大三岁？"

"是的，叔叔。"

檀仕达站起身，在房间里踱步。

刘芸芳用纸巾擦着鼻翼，说："啧啧，放着比自己小的海棠不娶，非要找个姐姐。"

四十九

王小萌一下子站起身，满脸通红，嘴角抽动着，却一个字也说不出。她不明白，这才是第二次见面，刘芸芳为什么对她有这么大的恶意？

檀招娣把王小萌拖出了房间。

王小萌的眼眶里还是有了泪水，她强忍着不让它掉下来。其实刘芸芳说的也没有错。她开始自责，和檀子霄一起来景德镇之前，自己并没有深入细致地了解檀家。

在园子里的凉亭中，檀招娣向王小萌说了刘芸芳的意图。如果檀子霄再不回归窑厂，接替父亲的就将是刘一娜。刘芸芳当然想让自己的女儿得到家产，所以才想方设法破坏檀子霄的婚事。刘芸芳说王小萌不如苏海棠，实际上，就算没有王小萌，她一样不喜欢苏海棠。

"她为什么要破坏子霄的婚事？"

"因为爸爸立下了规矩，小霄只有结婚了才能继承窑厂。所以说，小萌，真的就拜托你了。"檀招娣抓住王小萌的手说。

"哼，原来我只是檀子霄继承家业的一个工具。"王小萌有些落寞，完全把檀子霄对她的表白丢到了脑后。

"小萌，你不要误会小霄，他对你是真心的。"

"什么？真心的？大姐，您知道我们相识才多久吗？"

"认识多久没有关系，关键是有没有爱。"

"我不信。"

"你知道吗？小霄从小到大带女朋友回家的人数有限，你是第二个。"

王小萌转过头，看着檀招娣。

"他情感上受到过伤害，我不知道他和你说过没有。"

王小萌摇了摇头。

"那个女孩子是他的大学同学，名字叫美丽，比小霄大一岁，长得有些像你，胖乎乎的，一笑有两个酒窝，特别温柔、善良。"

"他们后来分手了吗？"

"那孩子死了。"

"死了？"王小萌不敢相信自己的耳朵，"是……生病吗？"

"是事故。"

"事故？"

"那年的秋天，美丽说想看庐山的红叶，于是小霄开着家里的车就去了。他刚考下驾照不久，上路经验几乎为零。你也知道，年轻人嘛，胆子大，觉得开车没有什么难的，四个车轱辘比三个轮子安全多了。结果出了意外，在庐山北坡出的事故。他们原本计划晚上住牯岭镇，第二天看日出，看红叶，根本没料到山路上的云雾说来就来。在一个陡急的弯道处，为了躲避对向来车，小霄驾车撞到山体上。美丽在送往医院的路上死了。小霄右腿骨折，后来做手术腿里面打了钢板，这也是他不再开车的原因。"

"怎么会发生这样的事情……"王小萌眼神迷离，有点不相信自己的耳朵。她这才想起在北京的时候，檀子霄总是捶腿。

"小霄出院后，一度为自己的过失夺去深爱女友的生命而自责，甚至想过自杀。还好被我看住了，没有出事。这之后，他疏离所有的女性，对别人的牵线搭桥也不理会。不知道的人说他眼光高、太挑，知道的人都了解他经历过什么，不好再劝。我看过一些心理学书籍，心理疾病还是需要自己去慢慢疗愈，外人没有一点办法。"

"真没想到，他会有这样的过去。"王小萌喃喃自语。

"小霄是一个敏感的孩子，他把自己包裹得很好，是不想再受到伤害。美丽之后，他没有领别的女孩子来过家里，你是第一个，我想，也是最后一个。"

"这么说，他是真心爱我……可是他和我认识一个月还不到。"

"你们刚刚开始，还有很长的路要一起走。"

"可是我比小霄年龄大……"

"谁说婚姻里只准丈夫比妻子大？只要两个人有爱，三观一致，兴趣相投，互相吸引，就是一桩好姻缘。是你们两个组建小家庭，而不是旁人。"檀招娣语重心长地说。

王小萌陷入沉思，像是听到了心里，又像是怀疑眼前发生的一切，就连檀子霄发来的微信，她也不想回复。她说："大姐，我累了，我想回子霄的公寓休息一下。"

"也好，谁在这宅子里都会觉得沉闷、压抑！我让小周开车送你，你回家好好休息。看你的黑眼圈都要出来了，昨晚没有休息好吧？"

王小萌羞涩地笑了。

檀招娣陪着王小萌回到客厅，王小萌与檀仕达和刘芸芳道别后，坐上那辆商务车回檀子霄的公寓。

空荡荡的大房间里，因为没有人气而异常冷清。沙发后面是书桌，窗外的阳光照射过来，有些刺眼，远方的昌江变得模糊不清。

"原来你比小霄还大三岁，这么大年龄，今后怎么给檀家传宗接代？"

"生不出孩子的儿媳妇还是儿媳妇吗？我们檀家可是必须要有男丁的。你行吗？"

"趁现在还没有下逐客令，识趣回北京吧。"

…………

王小萌脑补着檀仕达和刘芸芳的话，她从来没有想过和真正见过豪门。她只是普通家庭里的孩子，或许，这份爱情根本不适合她。

身份悬殊的两个人，结婚不易，维持婚姻会更难。就像妈妈说的那样，与其结了婚再离婚，不如就此罢手，甚至以后再也不结婚！

王小萌退缩了。

"你还在我爸家吗？中午我得在窑厂吃了，有些活儿没有做完。有大姐呢，别害怕。晚上见，想你。"檀子霄再次发来微信。

王小萌读完，把手机放到桌上，继续看向窗外。昌江更模糊了，完全隐在阳光的余晖之下。

王小萌突然起身，走进衣帽间，找出行李箱，把洗漱用品、衣物整理到箱子里，拉到玄关。她来到书桌前，从抽屉里取出便签纸，写道：

子霄：

　　我走了，去一个适合我的地方。

我认真考虑过了，我们性格虽相似，但我毕竟年纪比你大，在一起不合适。

感谢有你陪伴我的日子，这将是我这辈子最值得珍藏的回忆。

你不要来找我，找也找不到。

祝你早日找到适合你的另一半。

小萌

王小萌把便签纸放到书桌中央，用插着淡蓝色绣球花的花瓶压住一角。她重新打量这个家后，走向玄关，拉着行李箱推门而去。

五十

　　檀子霄在窑厂忙完工作已经是下午四点，他这才反应过来：今天发给王小萌的微信，没有收到任何回复。不安的感觉涌上心头，他拨打王小萌的手机，显示无法接通；急忙和檀招娣打电话，正如他所料，父亲和小妈果真"盘问"了王小萌。具体"盘问"了什么，檀招娣轻描淡写，无非就是个人的家庭状况而已。得知小周把王小萌送回了公寓，檀子霄的心才暂时落了地。

　　挂断电话，他还是觉得有些不对劲，于是匆忙打车回家。

　　房间里干净整洁，与昨日无二，阳台角落摆放着一株琴叶榕，几个月没有掐尖，马上要触碰到屋顶。以后幸福的窝就放在琴叶榕的下面，这是他和王小萌说定了的。

　　檀子霄喊了一声王小萌的名字，没有人应答，他感觉空气像是凝固了一般。快步走进主卧、次卧、厨房，愣了几秒钟，他又来到衣帽间，发现王小萌的行李箱不见了。

　　檀子霄回到客厅，发了疯似的继续拨打王小萌的手机，这时，书桌上那张便签纸跃入他的眼帘。他快速读完，随后那张浅蓝色的纸缓缓从他的指间飘落。

　　檀子霄拨通了檀招娣的电话。

　　"小霄，你说什么？小萌走了？"

"大姐，他们都问了她什么问题？你和她说了什么？她会去哪里？"

"没问什么呀……"檀招娣也觉得事情有些严重，"你别着急，让我想想。"

"他们是不是拿年龄说事了？"

"嗯，这本来就是你们之间的硬伤嘛。对了，小霄，我还和小萌说了……你和美丽的事，没想到你没有告诉她。"

"大姐！"

"她会不会回北京？或者她的家乡？"

檀子霄摇摇头，说："我想不会。"

"那么，有没有她特别想去，又没有去过的地方？"檀招娣引导着弟弟，突然，她眼前一亮，"庐山！对，我想她一定去了庐山。"

"何以见得……"檀子霄一听"庐山"二字，双腿不禁发软，他扶住桌子。

"我清楚地记得，昨天接了你们后在车上，我问她都去过江西什么地方，她说上次来没去成庐山，所以说，庐山对她来说，应该属于一个必去的地方。"

"大姐，我知道了，我这就去庐山。"

"还有，还有，今天我和她说起你和美丽的故事时，也说起了那场……车祸。你真的没事吗？"

檀子霄挂断电话，抬起手腕看了一眼时间，距离下一趟前往庐山的高铁还有两个多小时。他紧紧攥着手机，把手放到书桌抽屉的拉手上，内心强烈挣扎着，愣了几秒钟他才拉开抽屉。抽屉里躺着一把汽车钥匙，他抓起钥匙，跑向地库。

昨天，大姐的司机小周把他们送回家后，按照惯例把汽车停在车位上。这辆车是父亲为了庆祝他大学毕业送的礼物。而他，因为那次车祸一直不敢再开车。他担心汽车久不行驶会出问题，就把车钥匙给了大姐一把。

来到车门前，檀子霄深吸了一口气。檀招娣不放心，又打来电话说："小霄，你别冲动，我这就让小周过去，让他开车送你去庐山。"

"大姐，有些事情，我不能逃避，总是要面对的。"

"这可不是开玩笑的事！"

"我已经出发了，先不说了，会影响我开车。"檀子霄把心一横，上车启动发动机，打开手机导航。

对于如何消除对汽车的恐惧，檀子霄一直在做着努力，从不敢坐汽车到可以坐，最近半年，临睡前他总会脑补一些开车的技巧，甚至专门去玩赛车游戏来消解恐惧。如今真正坐上驾驶位，几年前发生车祸的那个瞬间仿佛又回到他的眼前。头痛袭来，他一脚踩下刹车，趴在方向盘上一动不动。转向灯"咔哒、咔哒"地响着，车辆停在车道与车位之间，影响了后车通行。

檀子霄抬起头，深深地吸了一口气，虽然上半身依旧僵硬，但还好，受伤的右腿没觉出不适。他缓缓踩下油门，汽车慢慢向前驶去。

王小萌拉着行李箱直接去了景德镇北高铁站。车票在出租车上已经用手机买好了。这是她第二次来江西，或许也是最后一次，那就去庐山吧，住在牯岭镇，走走花径、三叠泉，去含鄱口、五老峰看日出，还有，去庐山的电影院看一遍《庐山恋》。

上次陪她一起来的，是赵红雷。

原本答应得好好的，她临时却改变了主意，她陪他回了北京。现在才知道，那时的他根本就没有把她当成最重要的人，她的事情对于他的欲望与追求来说，什么都不是。

王小萌坐上火车，就这么胡思乱想，直到从九江火车站出来，出租车司机招揽乘客的声音才把她从回忆中拖回来。

"这位大姐，去庐山吗？拼车，就差一位了，比你一个人租车上山便宜多了，要不要走？现在就发车。"

这是王小萌出站后听到的第一个声音。她没有去想要不要货比三家，只是耳朵听到了，就决定跟着司机走。

司机二十多岁的模样，染着一头灰白色的头发。和星星的年纪差不多吧，本来他喊大姐，已经让王小萌心生不快；想想侄子星星，又觉得对方不叫她阿姨、小姑就已经不错了。这么一想，又怎么会埋怨檀子霄的父亲和后妈嫌弃自己年龄大呢？心理年龄再小，她也是一个奔三的"老"女人。

王小萌第一次认真对待时间，她这才发现，青春早已经在不知不觉中消逝。

这是一辆黑色城市 SUV，车上已经坐了三位年轻的女乘客，看样子像是闺密一起出行。

"我们从北坡上山，回程的时候，你们可以选择索道下山，很方便的。"灰白头发的司机回头对她们说。

"北坡。"王小萌重复着这两个字，浑身一激灵。

上山的路蜿蜒曲折，不知什么时候，四周云雾弥漫。每一次在陡急的弯道上会车都令王小萌感觉惊心动魄，她把手放在胸前，紧紧揪着衣襟。她仿佛体会到了在车祸中死去的那个女孩子的恐惧。

檀子霄还年轻，一定会找到更适合他的人，为他生子，延续檀家香火，振兴檀氏家族产业。

同行的三个女孩在牯岭镇一家民宿前下了车，司机回头问她住在哪里。

王小萌这才发现，自己光顾着瞎想了，并没有订住的地方。她说："那我也在这里下车吧，谢谢你。"

黑夜已经悄悄降临，薄雾弥漫着这个山顶小镇。王小萌打开手机办理好入住手续，重新关掉手机。她拿着民宿老板给的地图，去寻找庐山电影院。

在王小萌看完第一场《庐山恋》走出电影院的时候，檀子霄刚把汽车停在附近的停车场。

他匆忙跑到售票窗口买了一张最近一场的电影票，来到入口处。因为游客少，看电影的人并不多，直到开场后半个小时，檀子霄也没有找到王小萌的身影，于是他坐到最后一排，一边看电影，一边等待王小萌出现。他相信，如果王小萌来庐山，一定会来这家电影院。然而，这之后，看电影的人并没有增加，檀子霄却被电影讲述的故事迷住了。字幕滚动结束，檀子霄并没有从座椅上起身，直到打扫卫生的阿姨来撵他。

"我们也会像周筠与耿桦一样相遇，在庐山。"檀子霄自言自语着走出电影院。

第二天，对于先去哪里，再去哪里，王小萌没有了主意。她没有心情去规划行程，什么东线、西线、中部的，随意就好，反正观光车的票是一周内有效的。

与此同时，檀子霄在揣测王小萌的目的地，两个人就像在玩捉迷藏，在很多看似重要的景点里互相"躲"着对方。

王小萌走在花径，檀子霄却正在如琴湖；王小萌在锦绣谷，檀子霄却在芦林湖；王小萌去了美庐，檀子霄坐缆车来到了三叠泉。他摸着右腿，看着向下的台阶发呆。最后，他一咬牙，扶着栏杆走了下去。他也顾不上担心和害怕沿途的野猴。

第一天结束了，他们没有像电影中的周筠与耿桦一样相遇。

檀子霄躺在民宿的床上，给肌肉做放松运动。他平时就不喜欢爬山，更何况他有一条打了钢板的腿。想放弃的念头一闪而过，檀子霄狠狠抽了自己几个耳光。王小萌是个好姑娘，他不能放弃。这样想着，他很快进入了梦乡。

第二天一早，檀子霄犹豫去五老峰还是含鄱口，等到出门准备坐车时，载游客去五老峰看日出的班车已经发车。

这是天意吧。檀子霄只好去了含鄱口。

含鄱口位于庐山东线，其实它和五老峰一样，都是庐山观日出的绝佳地点。从犁头尖上望去，透过薄薄的晨雾，那已经升起的太阳，光线刺眼而耀目，远方的鄱阳湖时隐时现。犁头尖左边有一个绿色的亭子，檀子霄认得，那就是含鄱亭，《庐山恋》的取景地之一。一群戴着各色帽子的观光客正在石凳和观景台前拍照。

檀子霄拿着昨天在三叠泉处买的拐杖，踏上通往含鄱亭的台阶。

含鄱亭下偏东的木椅上，王小萌正看着太阳照耀着的鄱阳湖，心里想着周筠与耿桦。